MAT'STAT

SÉBASTIEN BÉNÉTEAU

MAT'STAT

Édition : BoD · Books on Demand,
31 avenue Saint-Rémy, 57600 Forbach, bod@bod.fr
Impression : Libri Plureos GmbH,
Friedensallee 273, 22763 Hamburg (Allemagne)
ISBN : 978-2-3225-9480-1
Dépôt légal : Avril 2025

À Lélia et Christine

PROLOGUE

Je ne peux pas croire que j'étais fan de toi, tu me dégoutes Mat, je ne veux plus jamais entendre parler de toi, tu n'as que ce que tu mérites.

$\varheartsuit$ 58   ⟲ 23   ♡ 1450

T'as entubé tout le monde, t'es vraiment qu'une merde, disparais mec.

$\varheartsuit$ 45   ⟲ 17   ♡ 2563

Tu t'es bien foutu de nous, tu vas crever seul et le plus tôt sera le mieux.

$\varheartsuit$ 87   ⟲ 54   ♡ 4617

Perso à ta place, je me suiciderais.

$\varheartsuit$ 2477 ⟲ 1145   ♡ 271238

Les messages déferlaient sur l'écran du téléphone de Mathieu, suspendu au-dessus du vide.

Si les gens savaient ce que je m'apprête à faire, me diraient-ils de sauter ?

Probablement.

L'idée de démarrer un live sur Instagram lui traversa l'esprit.

Ils veulent me voir crever, ils ne vont pas être déçus !

Mathieu alluma sa caméra face à lui et observa son visage rougi par les larmes. Combien de spots publicitaires portaient encore ses traits ? Combien de femmes et d'hommes avaient rêvé de tromper leurs conjoints avec lui ? Combien de professionnels travaillaient dur tous les jours pour lui ressembler ?

En un claquement de doigts, la personnalité la plus aimée des français était devenue leur ennemie, la cible à abattre sur tous les réseaux sociaux. Il aura suffi d'un article de presse, un seul. Un journaliste balança le scoop de l'année et il fit tomber Mat'Stat, le premier influenceur de France. En quelques minutes, les gens s'étaient rués sur Twitter, Facebook, Instagram, Linkedin et les autres plateformes dans le seul but d'être parmi les premiers à insulter Mathieu, sans chercher à comprendre la situation. L'intouchable Mat'Stat était à terre, l'occasion de lui porter l'estocade était trop belle et le spectacle de sa déchéance, irrésistible.

Auraient-ils eu le même comportement avec un autre ? Avaient-ils été, à ce point, choqués par les révélations du journaliste ? Cherchaient-ils l'insulte la plus humiliante pour gagner, à leur tour, des followers ? Était-ce un simple exutoire pour déverser leur frustration sur un symbole de réussite ? Mathieu avait beau connaître les bad buzz et les shitstorms, une telle violence à son égard l'avait secoué. Il brûlait d'envie de répondre aux commentaires, de donner sa version des faits, mais son avocat lui avait interdit de s'exprimer d'une quelconque manière avant la tenue de son procès et c'était, de toute façon, peine perdue.

« Vous verrez Mathieu, cela va se tasser. Vous serez le bouc émissaire pendant quelques jours, puis un nouveau scandale éclatera et les gens iront se défouler sur quelqu'un d'autre, c'est ainsi, toujours. »

Les mots du maître l'avaient rassuré, mais après plusieurs semaines, la tempête ne faiblissait pas, bien au contraire. Les médias se faisaient un malin plaisir d'écrire sans cesse de nouveaux articles, de fouiner à la recherche de la moindre information qui pouvait lui nuire un peu plus et entretenir le flot de haine à son égard. Les émissions de télévision et de radios invitaient des personnes, que le jeune homme n'avait jamais rencontrées, pour témoigner à son sujet, toujours en sa défaveur. Des photos de lui étaient détournées en memes et servaient à illustrer toutes les actualités, même les plus improbables, ramenant toujours Mathieu au centre de l'attention. De héros pressenti pour recevoir la Légion d'honneur, il était devenu la risée du pays et sa renommée dépassait désormais les frontières pour alimenter les news des États voisins, eux aussi friands de buzz.

Mathieu lâcha son téléphone et contempla sa chute de quinze étages. Le choc avec le sol le fit rebondir plusieurs fois, dans le plus grand des silences. Mathieu entendait pourtant encore le son des notifications dans sa tête. Ces messages enregistrés sur les serveurs des data centers le hanteront à jamais. Il ne sera plus Mat'Stat, il ne sera plus Mathieu Comtois. Même si, par miracle, il était innocenté lors de son procès, il devra vivre avec son statut de star déchue et sa réputation de menteur. Personne ne prendra le risque d'être associé à lui et la solitude, qu'il fuyait depuis toujours, sera son unique refuge, pour le restant de sa vie.

Plutôt en finir tout de suite dans ce cas.

Nul ne pleurera sa mort, pas même ses parents, déçus par leur fils depuis sa naissance. Sa disparition ne sera qu'une énième histoire tragique d'une star ayant perdu le contrôle et sombrant dans la dépression, avant de mettre fin à ses jours.

Les gens ne chercheront pas à comprendre, ils diront que Mathieu était trop faible pour endurer la pression de la célébrité et supporter l'inévitable désamour des fans.

Il leva la tête vers le ciel étoilé, bientôt tout sera terminé. Il ne sera qu'un malheureux souvenir, un meme d'humour noir, et ensuite, il n'existera plus.

Mathieu palpa le vide du bout de ses orteils, prit une grande inspiration et ferma les yeux en souriant.

Il était enfin libre.

1

— *La passe pour Max Joubert, il reste 10 secondes de jeu, les deux équipes sont à égalité !*

— *MJ temporise, il regarde le chrono… Il part sur la gauche, c'est son spot préféré. La défense le sait, elle ne le lâche pas d'une semelle ! Max arme son bras et tire ! Le buzzer retentit et… C'EST DEDANS ! VICTOIRE DE L'AS-VEL sur un nouveau tir incroyable de Maxime Joubert à la dernière seconde !*

— *C'est son troisième tir de la gagne de la saison, son septième en carrière ! Quelle victoire et quel joueur !*

— *Il tourne à 42% de réussite à trois points depuis le début de sa carrière, il est même à 43,6% cette saison et je vous donne une autre statistique complètement folle, il est à 55% de réussite lorsqu'il prend ses tirs sur l'aile gauche du terrain dans les deux dernières minutes du match !*

— *Oui et le plus incroyable, c'est qu'il est aussi à l'aise à domicile qu'à l'extérieur ! Seulement 0,4% d'écart dans ses stats de tir !*

— *Il faut dire qu'il est bien aidé par la vitesse de sa méca-nique de shoot. Il est capable d'armer son bras et de relâcher la balle en 0,73 seconde ! Ça laisse vraiment peu de temps à la défense pour réagir !*

— MJ est encore plus fort à mi-distance avec une réussite de 57% à 45° du panier lorsqu'il est sur l'aile gauche et qu'il prend appui sur ses deux pieds. Son adversaire direct a donc tout intérêt à ne pas lui laisser d'espace.

— Le problème pour les défenses, c'est qu'elles ne peuvent pas non plus le coller parce qu'il est aussi très fort pour partir en dribble vers le panier. Rendez-vous compte, il atteint les 27 km/h sur son premier pas vers la droite et il ne perd que 0,68 ballon en moyenne lorsqu'il entre dans la raquette !

— Exact, il affiche un excellent 76% au tir lorsqu'il finit en floater avec sa main droite et s'il décide d'aller jusqu'au cercle, c'est un panier dans 64% des cas, voire 68% quand il feinte et termine main gauche.

— Sans oublier qu'il est aussi très bon pour provoquer la faute et qu'il affiche un impressionnant 88% de moyenne aux lancers francs !

— Toutes les défenses de la ligue le savent, Maxime Joubert n'est pas qu'un shooteur, il ne faut pas lui laisser l'accès à la peinture et c'est ce qui lui donne de l'espace pour tirer à 3 points comme il vient encore de le faire.

— On pourrait encore citer de nombreuses statistiques de jeu, c'est en tout cas le meilleur recrutement de la saison pour l'ASVEL qui l'a récupéré suite au transfert de Sylvain Maynier à Poitiers.

— Oui et cette nouvelle victoire des Lyonnais le prouve. Ils conservent leur place de leader du championnat et MJ se dirige droit vers le titre de meilleur joueur de la saison.

— *Chers téléspectateurs, restez avec nous pour le débat de la soirée, nous reviendrons sur ce fabuleux match, juste après la pub !*

— Sam, c'est bon ? Le match est fini ?

— *Vous souhaitez vous aussi développer vos capacités ?*

— Samir, tu peux baisser le son de la télé s'il te plait ?

— *Alors, choisissez Power ! La boisson qui vous apporte votre boost quotidien !*

— SAM !

— Oui, c'est bon, ça va, pas besoin de crier.

— *Power, la boisson préférée de Mat'Stats !*

Samir attrapa la télécommande et réduisit légèrement le volume de la télévision.

— Merci. Je t'ai laissé regarder ton match, maintenant, j'aimerais bosser mon entretien.

— Je sais Mélo, tu ne crois pas que tu te mets trop de pression ? Tu ferais mieux de te détendre un peu si tu veux être en forme pour demain.

— *Je suis Mat'Stats et je bois une bouteille de Power tous les jours !*

Mélodie leva les yeux de son ordinateur vers Samir, allongé de tout son long dans le canapé, le regard rivé vers la télévision. Impossible de savoir s'il sous-estimait l'importance de cet entretien d'embauche pour sa compagne ou s'il lui prodiguait, selon lui, la meilleure attitude à adopter pour réussir ce test. Le débat était vain, elle lui avait déjà expliqué maintes fois son besoin d'être prête à toutes les éventualités. Le travail la rassurait même s'il était futile.

— J'en ai besoin, dit Mélodie, j'ai enfin un rendez-vous pour un job intéressant dans une belle boite, il faut que je mette toutes les chances de mon côté.

— Mouais, ce n'est pas non plus un poste incroyable. Avec ton niveau d'études, tu pourrais trouver mieux.

La jeune femme soupira.

— On en a déjà parlé Sam, ça fait quatre mois que je cherche et je n'ai fait que deux entretiens. Il y a trop de concurrence dans la communication. Si tu n'as pas bossé en agence, c'est trop dur d'avoir de bonnes statistiques, surtout ici à Paris. Je ne peux pas non plus rester sans rien faire, sinon mes stats vont stagner et il me sera encore plus difficile de trouver du travail. En plus il me faut un job, on en a besoin.

— *Si vous aussi, vous voulez booster vos stats, buvez Power !*

— Je sais oui, dit Samir, pour avoir une place en crèche, si tu n'as pas de boulot, nous ne serons pas prioritaires. Par contre, je ne suis pas sûr que bosser comme blogueuse pour une agence de voyage te permettra d'obtenir de bonnes statistiques de travail.

— Rédactrice !

— C'est pareil, tu vas rédiger des articles pour le blog de l'agence, non ?

Il marquait un point. Elle n'en avait pas la certitude, mais la rédaction d'articles pour le blog de l'agence de voyage serait sans doute sa mission principale. Cette fonction lui convenait, elle avait toujours eu une certaine aisance rédactionnelle, même si elle ne s'était jamais imaginée rédactrice. Après tout, écrire des articles de voyages et des conseils aux touristes n'étaient pas la pire des attributions pour gagner sa vie. Mélodie n'avait, cependant, jamais vraiment voyagé à part des excursions estivales en Espagne et en Italie avec ses parents. Elle avait copieusement embelli sa lettre de motivation et devait être incollable sur les destinations qu'elle avait soi-disant visitées. Sa préparation d'entretien se résumait surtout à lire les blogs de voyageurs pour créer son propre itinéraire et à consulter Google Maps pour mémoriser des lieux emblématiques.

C'est juste un petit mensonge pour trouver un job, tout le monde le fait, je n'ai pas le choix.

Elle avait mal au ventre. Était-ce le stress ou la honte ? Mélodie ne supportait pas la triche, le faux sous toutes ses formes. Pour elle, la vérité devrait toujours prévaloir, peu importe les répercussions, mais ces mois de recherche infructueuse affaiblissaient ses convictions.

C'est différent, c'est un mensonge sans conséquence, pour la bonne cause.

Les gens passent leur temps à s'inventer des expériences et des vies sur Linkedin ou Instagram, alors, elle pouvait mentir un peu, elle aussi, juste cette fois.

— Même si je ne développe pas beaucoup de compétences, dit-elle, au moins ça m'évitera de perdre des points. C'est important de pouvoir montrer de bonnes statistiques de travail aux employeurs, si tu veux un boulot.

— Mouais, si tu le dis, je n'ai jamais eu besoin de ça moi.

— C'est normal, tu es le seul spécialiste en boa de la région ! Tu n'as jamais eu à galérer pour trouver un job, on t'en a offert des dizaines dès ta sortie de l'école !

— *Power ! La boisson des winners !*

— C'est Python, je suis développeur, pas gardien de zoo, répondit Samir.

— Tu peux éteindre la télé maintenant ? J'ai vraiment besoin de bosser et j'en peux plus de voir cet imbécile de Mat'Stats.

Le visage tout sourire de l'égérie de Power disparut de l'écran lorsque Samir alluma sa console de jeux. Il mit son casque audio sur la tête et Mélodie se replongea dans la préparation de son entretien. Son compagnon avait raison, elle était plus que qualifiée pour ce poste avec son Master en Stratégie Marketing et Communication d'Entreprise, mais jusqu'à présent toutes ses candidatures pour des emplois à responsabilités de niveau Bac+5 étaient restées sans réponse, comme ses relances.

Mélodie désespérait. À déjà vingt-huit ans, ses seules expériences professionnelles se résumaient à quelques mois de stage dans deux petites entreprises héraultaises. Elle avait beau les embellir de missions plus ou moins réalisées, mettre en avant ses qualités et surtout réitérer sa motivation, elle ne réussissait jamais à franchir la première phase de sélection des candidats.

C'est sur Linkedin qu'elle trouva une annonce de You-Travel, une agence de voyage spécialisée dans le tourisme d'aventure, domiciliée près de chez elle, dans le 17ᵉ arrondissement de Paris.

 **YOU TRAVEL** Faire du voyage, une aventure.

URGENT : POSTE DE RÉDACTEUR H/F À POURVOIR
Statistiques de Compétences au Travail :

- Assiduité 100%
- Qualité d'écriture 80% minimum
- Orthographe 95% minimum
- Réactivité 75% minimum

Profils sans expérience acceptés. Rémunération 1500 € bruts mensuels + tickets restaurants.

 Lélia et 38 autres personnes   128 commentaires

Mélodie avait hésité, ses compétences valaient un meilleur salaire, mais c'était l'opportunité d'acquérir une expérience professionnelle et d'étoffer un peu plus son CV.

Un travail lui permettrait aussi d'obtenir une place en crèche pour son fils, puisque les établissements privilégient les parents actifs. Elias passait la moitié de la semaine chez une nounou et le reste du temps avec sa mère depuis déjà six mois. Mélodie tenait absolument à ce qu'il intègre une crèche pour le sociabiliser davantage avant d'entrer à l'école.

La jeune femme ouvrit son navigateur sur son ordinateur portable et cliqua sur la page du portail de la CNIL, soigneusement enregistrée dans ses favoris. Elle se connecta à son espace personnel et le tableau de bord lui présenta ses principales statistiques professionnelles. Mélodie fut soulagée, pas de baisse, ses pourcentages étaient tous supérieurs à ceux exigés dans l'annonce de YouTravel.

Depuis la programmation de son entretien, elle surveillait ses données de près, comme certains suivent la Bourse, même s'il n'existait aucun moyen de ralentir la chute d'une courbe, surtout en l'espace d'une nuit.

Elle se souvint de l'introduction de ces statistiques quelques années plus tôt, dans le cadre de la Grande Réforme de la Compétence au Travail. Elles accompagnaient une série de mesures pour redonner du sens à l'activité professionnelle dans son ensemble et constituaient l'initiative phare du nouveau Ministre du Travail, dont la nomination avait créé la surprise générale, même chez les plus fins observateurs de la vie politique française. Personne, en effet, ne s'attendait à ce que le champion de basketball et homme d'affaires Tony Parker ne rejoigne le gouvernement, encore moins à ce ministère.

Aux grands maux, les grands remèdes, avait pensé le Premier Ministre. Dans un contexte de crise sanitaire, climatique et d'inflation, de nombreux employés souhaitaient redonner du sens à leur travail. Salariés et employeurs aspiraient à davantage de souplesse, de reconnaissance et de liberté.

Monsieur Parker s'inspira du sport professionnel pour redynamiser l'emploi et apporter plus de flexibilité aux entreprises, comme aux travailleurs. La ligue de basketball américaine, la NBA, était l'organisation la plus prolifique au monde et l'un des seuls employeurs que le ministre avait connu. Il lui paraissait naturel d'en copier les méthodes pour atteindre les objectifs du gouvernement et satisfaire les citoyens.

Les CDI furent ainsi peu à peu remplacés par des contrats semblables à ceux des sportifs professionnels, négociés au cas par cas, en fonction des performances des salariés. La manière la plus efficace et juste d'évaluer les compétences était, comme pour les athlètes, d'utiliser des statistiques. Les nombres ne mentent jamais et de puissants algorithmes furent développés pour analyser de grandes quantités de données converties, pour la plupart, en pourcentages.

Les machines enregistraient chaque tâche accomplie et comportement au travail pour calculer ces statistiques publiques, collectées et régulées par la CNIL. Il était possible de déterminer une multitude de données comme le taux d'assiduité, la vitesse d'exécution pour certaines missions, la qualité de l'orthographe, mais aussi l'incidence du travail d'un salarié sur le chiffre d'affaires de son entreprise. Les patrons avaient ainsi davantage de garanties quant aux compétences de leurs salariés et les meilleurs d'entre eux négociaient des conditions de travail très avantageuses.

Pour simplifier ces statistiques avancées, la CNIL s'inspira du Niveau d'Efficacité du Joueur (NEJ) de la NBA pour créer le Niveau d'Efficacité Professionnelle (NEP). Cette donnée compile l'ensemble des statistiques professionnelles en un pourcentage censé représenter l'efficacité globale de la personne dans son métier.

Jusqu'à présent, nul n'avait réussi à égaler le NEP de 91% de Mat'Stat, un score impressionnant, principalement dû à la capacité de la superstar à augmenter instantanément le chiffre d'affaires et la productivité des salariés, dès l'annonce de sa signature dans une nouvelle entreprise. Mélodie, elle, avait un NEP de 18% seulement, grâce à quelques statistiques rédactionnelles développées au cours de ses stages d'études. Sans emploi, il était impossible d'augmenter le NEP et à vingt-huit ans, c'était un véritable handicap pour lancer une carrière.

Mélodie se souvenait des campagnes de communication du gouvernement suite à l'adoption de la réforme de monsieur Parker. Des spots publicitaires diffusés sur tous les médias de masse mettaient en scène un jeune homme, Mat'Stat, s'entraînant et travaillant sur une musique épique, ponctuée d'un slogan digne de la marque Nike : « Et vous ? Qu'attendez-vous pour vous élever ? ».

Mat'Stat, le roi des stats, un mec parti de rien devenu un employé superstar comme le sport et les médias en raffolent. Grâce aux statistiques, tout le monde pouvait prétendre à la célébrité et la richesse s'il s'en donnait les moyens.

La jeune femme n'en espérait pas autant, mais elle voulait elle aussi faire sa place dans le monde du travail. Elle avait juste besoin d'une première expérience, une seule opportunité de montrer sa valeur et d'améliorer ses performances.

Elle entrerait à YouTravel par la petite porte, mais elle y arriverait et elle se donnerait les moyens d'évoluer.

Il le fallait coûte que coûte.

2

 **MAT'STAT** Devenez numéro 1

Cette nuit, j'ai vécu ma première fois !
Je vous vois venir…

C'était ma première nuit blanche de travail, j'ai essayé de me mettre au lit, mais rien à faire, le sommeil n'est pas venu.
Et là, c'est parti, les tâches s'accumulent alors je fais une to do list dans ma tête et elle m'obsède !

Je me suis levé, j'ai fait quelques exercices, j'ai pris ma bouteille de Power et je me suis installé à mon bureau.

Et vous savez quoi ? J'ai terminé ma to do et j'ai même entamé celle du lendemain (désolé pour les emails à 2h27 lol). J'ai été beaucoup plus performant que le jour. J'ai réfléchi plus vite que d'habitude et le pire c'est que mes idées de nuit ont été incroyables !

Vous me prenez pour un fou ? Vous pouvez, je le suis à 200% !

Mais j'aime ça, ce challenge permanent qu'est la vie !

Et vous ? Vous avez déjà eu votre première fois ?

Mat'Stat

 Samir et 25466 autres personnes   3178 commentaires

Mélodie soupira, encore une de ces insupportables publications de Mat'Stat sur son fil d'actualité Linkedin. Il en publiait plusieurs par semaine, toujours sous la même forme, les mêmes tournures de phrases et il obtenait des centaines de likes et de partages, à chaque fois. Elle cliqua sur la section commentaires, par habitude, pour afficher les réactions des utilisateurs.

Bravo Mat ! Très bonne idée !
♡ 51   ⟲ 14   ♡ 717

Perso, ça fait longtemps que je travaille plusieurs heures toutes les nuits, on est tellement plus productifs !
♡ 44   ⟲ 27   ♡ 843

Moi, ma première fois a été superbe et depuis je mets vite mes enfants au lit pour en profiter ! Un vrai obsédé du taf !
♡ 63   ⟲ 52   ♡ 1365

— Mais fermez vos gueules putain !

Mélodie se surprit à parler à voix haute. Elle leva la tête de son smartphone et tendit l'oreille. Pas de réaction, personne n'avait dû l'entendre jurer dans la petite salle de réunion, où une salariée de YouTravel l'avait invité à patienter.

Les gens passent leur temps à se féliciter eux-mêmes, tout est si faux.

Était-elle la seule à détester le narcissisme omniprésent sur les réseaux sociaux ? Elle avait plusieurs fois désinstallé l'application Linkedin, avant de la télécharger à nouveau. Consulter les profils des candidats était le premier réflexe des employeurs et, sait-on jamais, un jour elle recevrait peut-être une offre d'emploi au milieu de toutes les publicités dans sa messagerie.

Mélodie avait une furieuse envie de commenter la publication de Mat'Stat et de dire combien tout le monde se fichait qu'il travaille la nuit, que son message n'était qu'une façon peu subtile de promouvoir sa petite personne et son sponsor.

Elle n'en fit rien. Si ses mots allaient à l'encontre de la mouvance générale, elle serait décriée comme une personne jalouse, frustrée et deviendrait la cible de milliers d'utilisateurs.

— Bonjour, Mélodie, c'est ça ? Je suis Claire, responsable RH de YouTravel, désolée pour le retard, je sors d'un autre rendez-vous.

Claire s'assit, enleva discrètement ses chaussures et posa son téléphone sur le coin de la table, après avoir vérifié si le nombre de notifications, qu'elle supprimerait sans les ouvrir, avait augmenté depuis son dernier contrôle. Elle fixa la candidate avec un grand sourire, Mélodie se détendit un peu.

— Alors, commençons, dit Claire, j'aimerais que vous me parliez un peu de vous, de votre parcours et ensuite, je vous expliquerai ce que nous attendons de vous.

La jeune femme joignit ses mains sur la table et prit une lente inspiration. C'était un énième entretien pour la RH, le combat de sa vie pour Mélodie.

— J'ai 28 ans, dit Mélodie, je suis originaire de Montpellier et j'ai commencé mon parcours par des études de droit avant de me réorienter vers la communication. J'ai fait un master en marketing ainsi que deux stages en entreprises, dans une agence où j'ai fait un peu de graphisme et dans une association où j'ai participé à l'organisation d'un salon professionnel dans le secteur du cinéma. Ensuite j'ai un peu voyagé ici et là et me voici devant vous, prête à rejoindre vos équipes.

— Concise et efficace, j'aime ça. Pourquoi avez-vous arrêté le droit ?

— J'ai adoré le droit, mais je ne me voyais pas être juriste, je me suis peu à peu intéressée à la communication et j'ai fini par sauter le pas. Tout ce que j'ai appris en droit m'a d'ailleurs été très utile pendant mes stages. Je suis capable d'une grande rigueur et je connais toutes les législations concernant les droits à l'image, par exemple.

— C'est toujours utile de connaître le droit, mais si vous avez eu envie de vous réorienter dans la com', pourquoi avoir attendu un an après votre master en droit ? C'est bien ça n'est-ce pas ? Il manque une année dans la chronologie de vos études sur votre CV.

— Oui, avant d'entreprendre un nouveau cycle de formation, j'ai fait une année de césure, j'ai été fille au pair en Angleterre.

C'était faux, mais suffisamment banal pour ne pas attirer l'attention sur le trou dans son CV.

— Je vois. Et donc qu'est-ce qui vous a motivé à postuler à notre offre de rédactrice ?

Avoir un job qui me permet de payer mon loyer, de manger, de partir en vacances et de ne pas être femme au foyer ! Vivre tout simplement et ne pas me sentir comme une incompétente que personne ne veut !

— J'ai toujours aimé écrire et voyager, alors ce poste me paraît être l'idéal pour moi. Je pense que le métier de rédactrice me permettra d'entamer ma carrière de la meilleure des manières en communication. J'aime surtout ce que représente YouTravel, faire du voyage une aventure, votre agence organise des séjours dans le but de faire vivre des expériences à vos clients, je préfère ça à un opérateur low cost ou du tout confort.

— Hum, d'accord. Je vous parlerai de notre offre plus tard, j'aimerais d'abord savoir pourquoi vous avez candidaté, sachant que vous avez quasiment deux masters.

Mélodie ne laissa rien paraître sur son visage, mais elle réprimait de toutes ses forces l'envie de lui répondre « à ton avis ? ». Claire était une professionnelle des ressources humaines, elle connaissait le marché du travail, la concurrence et surtout, elle avait accès aux statistiques de sa candidate. Elle savait exactement pourquoi la jeune femme avait postulé à cet emploi malgré son profil. Pourquoi lui posait-elle cette question ? Était-ce une technique pour préparer la négociation salariale et inciter Mélodie à baisser d'elle-même ses prétentions ou souhaitait-elle simplement l'humilier ?

— Je souhaite rejoindre votre équipe de rédactrices pour apprendre tout ce que je peux sur le secteur du tourisme et le fonctionnement d'une agence de voyage. Pourtant vous avez raison, j'ai un master, j'ai de l'ambition, mais je ne veux pas brûler les étapes. J'estime avoir beaucoup à apprendre et cette expérience me permettra d'être meilleure, par la suite, à un poste plus stratégique.

— Je comprends, c'est très humble de votre part. Avant de parler du poste et de ses… particularités, j'ai une dernière question. Vous aimez échanger avec les clients ? J'entends par écrit, par email notamment ou les réseaux sociaux, que ce soit par messagerie ou en répondant à des commentaires ?

— Oui, j'apprécie le fait de parler directement aux clients. Je pense que c'est le meilleur moyen de connaître leurs besoins et d'améliorer les services de…

— Même avec les clients mécontents ? Comment réagissez-vous face à un client en colère ? Vous savez garder votre sang froid ?

Claire s'était avancée sur sa chaise et guettait les réactions de Mélodie, comme si ces dernières questions anodines étaient les plus importantes.

— Oui, je garde mon sang-froid en toutes circonstances. Si le client est mécontent, je sais rester professionnelle et l'amener à m'expliquer les raisons de sa colère pour le calmer. Je m'assure ensuite de traiter sa demande le plus rapidement possible pour le satisfaire au mieux.

La RH s'adossa à nouveau sur sa chaise.

— Parfait, vous semblez en effet capable de vous maîtriser et faire preuve de diplomatie. C'est rare, surtout chez les jeunes. Vous avez quelque chose de rassurant et de professionnel, vous serez parfaite pour le job que je vais vous proposer.

Mélodie se détendit un peu au son de ces mots, elle esquissa même un sourire que Claire lui rendit.

— En fait, c'est assez dommage, continua la RH, parce que vous me plaisez bien. Le poste n'est pas pour YouTravel. Nous recrutons une rédactrice pour une autre entreprise, The Shop, dans le cadre d'un sign and trade, un transfert après signature si vous préférez. Vous connaissez ce type de contrat ?

Mélodie n'avait rien compris et ne pu feindre sa confusion. The Shop était une plateforme d'e-commerce et de livraison à domicile, rien à voir avec l'agence de voyage YouTravel. Quel était le rapport ?

— Non, je ne connais pas, mais attendez, qu'avez-vous dit ? L'annonce était pour un emploi de rédactrice chez You-Travel. Pourquoi me parlez-vous de The Shop ?

— Je suis désolée de vous l'avoir caché, mais je ne pouvais pas l'écrire dans l'annonce, ni vous le dire avant d'être sûre que vous feriez l'affaire. Pour vous la faire courte, je sais que The Shop est à la recherche de quelqu'un qui sait écrire pour leur service client et n'a pas encore posté d'annonce. Depuis des mois j'essaie de monter un échange avec eux pour recruter un de leur chef de projet Web, mais jusqu'à présent aucun de nos employés ne les intéressaient. Je veux donc les prendre de vitesse et recruter un rédacteur pour leur proposer un nouveau transfert. Ce que je vous offre, Mélodie, c'est de signer un contrat chez YouTravel et d'être aussitôt échangée chez The Shop, votre véritable employeur.

— Quel est l'intérêt pour The Shop ? Pourquoi ne recrutent-ils pas eux même un rédacteur ? Ou pourquoi ne passent-ils pas par une agence de recrutement ?

— Parce que cette opération leur permet de faire des économies, ils se débarrassent du gros contrat de leur chef de projet, sans avoir à le licencier, et ils récupèrent deux employés pour la même masse salariale.

— Vous échangez un chef de projet contre deux salariés ?

— Oui, il faut que les rémunérations s'équilibrent pour réaliser un transfert, c'est la loi. Donc, ce que je vous propose, c'est un contrat de 2 années, la seconde année est une option d'entreprise. The Shop a vivement insisté sur cette durée, je ne pourrais pas y toucher. Cela vous conviendrait ? Vous savez ce qu'est une option d'entreprise ?

Quelle idiote tu fais Mélo !

Elle s'était préparée à toutes les questions possibles sur son parcours, ses compétences, sa motivation et surtout ses voyages inventés, mais elle avait oublié de se renseigner sur les nouveaux contrats de la réforme. Elle se souvenait surtout des longues semaines de manifestations et des grèves déclenchées par les modifications du Code du Travail, pendant ses études de marketing. Mélodie avait suivi tout ce tumulte de loin, sans y prêter une réelle attention. Deux ans plus tôt, elle aurait épluché la législation dans ses moindres détails, mais il lui était désormais trop douloureux de lire un texte de loi.

— Non, je vous avoue ne pas être familière des options sur les contrats.

— Ok, en gros c'est comme un CDD d'un an qui peut être prolongé d'une année supplémentaire, sur décision de l'entreprise. Un renouvellement de votre contrat en quelque sorte, mais c'est votre employeur qui active ou non l'option. L'avantage pour vous, c'est que dans deux ans maximum, vous serez libre et vous pourrez soit renégocier un nouveau contrat avec The Shop, soit chercher ailleurs. À ce moment-là peut-être que nous pourrons nous revoir, si vous êtes toujours désireuse de rejoindre YouTravel.

La motivation de Mélodie s'était évaporée depuis l'annonce de son potentiel transfert. Elle avait du mal à réfléchir, elle était encore sous le choc et toutes ces informations se bousculaient dans sa tête. Elle fixa la porte derrière Claire et l'envie de tout renverser en hurlant, avant de partir en fracas, devenait de plus en plus séduisante à ses yeux.

Ne réagis pas à chaud Mélo, reste concentrée, rien n'est définitif, il y a toujours une solution.

Elle avait appris à se contenir. Plus jeune, elle se laissait parfois déborder par ses émotions et la gentille petite fille modèle se muait alors en furie. Mélodie prit une grande inspiration et chassa ses mauvaises pensées. L'entretien n'était pas terminé, il fallait aller au bout, collecter toutes les informations pour prendre une décision.

— Je comprends, deux ans dont une année optionnelle. Quelles sont les missions et le salaire ?

Claire sourit, elle se rapprocha de Mélodie, comme pour lui faire une confidence.

— Vous serez conseillère au service client. Votre mission principale sera de répondre aux messages envoyés par email, via le tchat du site et peut-être sur les réseaux sociaux. Vous traiterez les demandes écrites uniquement. C'est pour ça que j'ai préféré intituler le poste « rédacteur », il faut surtout un excellent niveau d'orthographe pour ce job. Concernant votre rémunération, je peux monter à 1600€ bruts, mais pas plus, sinon le transfert sera invalide. The Shop paie ses conseillers 1500€ bruts maximum, votre NEP est un peu faible, mais ça devrait passer vu vos statistiques rédactionnelles. Ça vous irait ?

Les options de Mélodie étaient limitées. Elle n'avait aucune envie de travailler comme conseillère clientèle chez The Shop, mais la perspective de repartir à zéro ne l'enchantait pas davantage. Elle pensa à la crèche et son ras-le-bol de rester à la maison à écrire des lettres de motivation à la chaîne pour rien.

— Ok, j'accepte.

3

Ok, ce n'est pas le job de tes rêves Mélo, mais t'as un boulot. Elias va pouvoir aller à la crèche, tu vas rencontrer des gens et te sentir enfin chez toi à Paris. Le plus dur est fait.

Mélodie avait beau essayer de se convaincre de son succès, sa victoire avait un goût de défaite. Elle entama son premier jour chez The Shop dès le lendemain de son entretien avec YouTravel, sans aucune autre étape de recrutement supplémentaire. Elle eut juste le temps de négocier davantage d'heures de garde avec la nounou.

Dans le métro, elle repensait à ces mois de recherche d'emploi infructueux et démotivants. Elle avait enfin un travail, mais avait-elle eu le choix ?

Mélodie haïssait l'immobilisme. Pour elle, les occasions doivent être créées par le travail et la chance provoquée par l'audace. Après toutes ces années de dur labeur, la vie s'entêtait toujours à lui faire emprunter tous les détours possibles. Elle se sentait humiliée d'être à nouveau contrainte de prouver sa valeur, afin d'obtenir une reconnaissance à la hauteur de ses compétences. Elle avait été major de promotion en droit, puis elle s'était réorientée dans la communication pour décrocher un Master sans difficulté grâce à sa maturité, bien supérieure à celle des autres étudiants de sa promotion. Cet avantage semblait aujourd'hui la desservir dans sa quête d'emploi. À vingt-huit ans et une expérience professionnelle réduite à une douzaine de mois de stages, dans deux entreprises différentes, son CV manquait d'exemples de mise en pratique de ses compétences. Les employeurs exigeaient des garanties et se moquaient bien des excellentes notes de Mélodie, pendant de ses études.

Comment obtenir des responsabilités sans en avoir jamais eu ? Comment acquérir cette expérience, si on ne lui laissait jamais sa chance ?

Mélodie avait, semblait-il, loupé le coche. Comme si elle avait dépassé l'âge pour s'initier aux fondamentaux du monde professionnel, annulant, de ce fait, la valeur de ses autres compétences et qualités. Aux yeux des employeurs, le savoir-faire prime sur le savoir être. Le second est pourtant bien plus difficile à acquérir et permet de distinguer les meilleurs salariés. Les managers élaborent des stratégies de recrutement à court terme et cherchent des profils opérationnels de suite, quand il serait plus sage de sélectionner les qualités permettant aux équipes de progresser ensemble.

« Peu importe la longueur du chemin, ce qui compte, c'est l'arrivée. Tu fais un détour, mais tu arriveras à tes fins, si tu ne perds pas de vue tes objectifs. »

Elle avait préféré ne pas demander à Samir d'où lui venait cette citation censée la remotiver. C'était, à coup sûr, du Confucius ou du Sénèque, réécrit par Mat'Stat dans une de ses insupportables publicités.

Ces mots sonnaient creux, mais l'idée restait tout de même dans sa tête. S'appitoyer sur son sort ne l'aiderait pas.

Mélodie devait trouver le moyen de tirer profit de cette expérience chez The Shop. Elle se rendit dans les locaux de sa nouvelle entreprise bien avant l'heure, décidée à marquer les esprits dès son premier jour. Son allure était déterminée, sa tête haute, rien ne pouvait la détourner de son objectif. Elle ne vit donc pas le digicode sur le mur, près de l'entrée. Elle poussa la porte avec force, sans réussir à l'ouvrir et heurta son front sur la vitre.

Le bruit fit sursauter le vigile, qui lui ouvrit de l'intérieur. La jeune femme avait le visage rougit, peut-être davantage par la honte que par la violence du coup. Après avoir vérifié l'objet de sa visite, le gardien la fit entrer.

—Vous pouvez patienter à côté, dans le petit salon, je vais voir si Monsieur Parelli est disponible. Pensez à lui demander un badge pour la porte.

Il esquissa un sourire avant de se diriger vers un long couloir.

Essaie d'abord de ne pas passer pour une gourde Mélo, on verra ensuite pour la bonne impression.

Elle s'assit dans un des fauteuils en cuir noirs disposés en cercle dans un coin du hall. Un homme, la quarantaine, la tête entre les mains, attendait lui aussi. Il leva à peine les yeux lorsque Mélodie le salua.

— Excusez-moi, ça va ?

Il se releva et prit le temps de ranger son mouchoir dans la poche de sa veste avant de répondre.

— Vous êtes la comptable ?

— Non, je suis Mélodie, je viens d'être transférée ici, c'est mon premier jour. Et vous ?

— Transférée ? C'est donc vous qui m'accompagnez. Je suis Jonathan, j'étais gestionnaire de paie chez YouTravel depuis 15 ans et ils m'ont transféré ici avec vous, comme ça du jour au lendemain.

— Sans vous demander votre avis ?

— Ils n'ont pas besoin de mon avis, ça faisait un moment qu'ils voulaient se débarrasser de moi, ils ont enfin réussi.

Mélodie se servit un verre d'eau à la bombonne et en tendit un à Jonathan qui le vida d'un trait, comme si c'était un verre d'alcool.

— Pourquoi voulaient-ils se débarrasser de vous ?

— Ils m'ont dit qu'il fallait du changement, que les gens ne restaient plus aussi longtemps dans les entreprises, que les CDI, ça ne se faisait plus, qu'ils avaient besoin d'autres compétences et tout un tas de foutaises de ce genre. Ils se sont débarrassés de moi parce que j'ai passé 40 ans et que je suis trop cher pour les statistiques que je produis, voilà tout. Ils m'ont proposé un contrat de vétéran au salaire minimum avec un rôle de mentor pour former les jeunes. J'ai toujours refusé de rompre mon CDI, mais ils ont enfin trouvé un moyen de me virer. 15 ans de bons et loyaux services jetés aux oubliettes. Et Claire, je nous croyais amis, « C'est pas personnel, c'est le business », tu parles !

Le patron ne va pas tarder à arriver et comme une idiote je me suis assise dos au couloir ! Trouve un sujet positif Mélo.

— Et du coup, vous allez être gestionnaire de paie chez The Shop j'imagine, c'est une boite plus importante que You-Travel, c'est une belle opportunité !

— Non, The Shop vient de me couper.

Mélodie ignorait ce qu'était une coupure dans le milieu professionnel, mais elle comprit au malaise ambiant que ce n'était pas une bonne nouvelle.

— C'est une rupture de contrat, expliqua Jonathan. Comme j'étais en CDI je vais toucher une indemnité compensatoire de The Shop, mais je suis viré en quelque sorte.

— Pourquoi vous avoir transféré alors ? Pourquoi YouTravel ne vous a pas coupé directement ?

— Parce que YouTravel voulait recruter quelqu'un de précis et ne pas me payer mon indemnité. De ce que j'ai vu avant de partir, leur nouveau chef de projet est rémunéré autour des 57000€ par an. Moi j'étais à 38000€, il manquait donc 19000€, j'imagine que c'est le montant de votre salaire. Résultat, YouTravel a obtenu son chef de projet et a économisé mon indemnité. The Shop a économisé presque 40000€ par an et vous a également récupéré. Tout le monde est gagnant, sauf moi.

Et si j'étais moi aussi coupée ?

Mélodie sentit son pouls s'accélérer au rythme des questions qui se bousculaient dans sa tête. Elle avait été embauchée par une autre société et n'avait jamais rencontré personne chez son nouvel employeur. Si l'objectif de The Shop était d'économiser de l'argent, l'entreprise pouvait tout aussi bien mettre fin à son contrat.

— Mélodie ?

La grosse voix du patron de The Shop, arrivé à pas de loup, la fit sursauter. Elle se leva et fit face à un grand homme brun, la cinquantaine, en chemise blanche, jean et baskets. Il avait des cheveux et une barbe grisonnants parfaitement taillés et d'épaisses lunettes noires sur les yeux. Il lui serra vigoureusement la main.

— Éric Parelli, je suis le PDG de The Shop. Si vous voulez bien me suivre.

La jeune femme se hâta de le rejoindre et oublia de saluer Jonathan. Son nouveau patron l'emmena dans un petit bureau, probablement celui du vigile.

— Allez-y, mettez-vous à l'aise, asseyez-vous.

Mélodie était tout sauf à l'aise. Elle prit place sur l'unique chaise face à la petite table blanche de jardin en plastique. Parelli resta debout, il passa les mains dans son dos et s'appuya sur le mur.

— Bien, permettez-moi d'être le premier à vous souhaiter la bienvenue chez The Shop. J'ai conscience que votre arrivée est quelque peu inhabituelle, moi-même, je ne me suis pas encore fait à toutes ces nouvelles procédures de recrutement, mais c'est comme ça désormais. Mon service des ressources humaines m'a envoyé un tableau de données sur vous et m'a assuré que vous étiez un bon profil pour notre service client. D'habitude, nous avons des gens, je crois que ça s'appelle des scouts, qui sont chargés d'étudier et dénicher les meilleurs collaborateurs grâce à des algorithmes pour notre entreprise, mais YouTravel nous a enfin fait une offre qu'on ne pouvait pas refuser. Bref, je souhaite tout de même que vous me parliez un peu de vous. Toutes ces statistiques, c'est bien beau, mais ça ne remplacera jamais le contact humain, n'est-ce pas ? Alors, dites-moi, vous travailliez où déjà ?

— En fait, j'ai fait un master en marketing et je me suis spécialisée dans…

— Super ! On aime la matière grise ici ! Vous comprenez alors l'importance de délivrer un service client d'excellence, c'est votre objectif prioritaire ! On ne laisse jamais une question sans réponse et on donne tout pour satisfaire le client, quelle que soit sa demande. Voici l'avenant à votre contrat YouTravel qui finalise le transfert chez nous. Vous trouverez vos identifiants pour votre poste et des informations générales sur l'entreprise dans ce document. Voici votre badge, ne le perdez pas, si tout est ok de votre côté, je vais vous présenter votre manager. Des questions ?

— Oui, en fait, j'aimerais savoir…

— Parfait, alors allons-y, c'est au premier étage.

Parelli était déjà dans le couloir avant d'avoir terminé sa phrase. Mélodie rangea les documents dans son sac à main et s'empressa de le rejoindre dans la cage d'escalier. Elle dut monter les marches à toute vitesse pour revenir à sa hauteur.

— Je voulais vous dire, monsieur, que j'étais contente de rejoindre votre équipe et que je pense vraiment pouvoir vous aider en vous apportant mes compétences en communi…

— Je n'en doute pas ! Gardez votre enthousiasme surtout ! Le conseil client ce n'est pas simple tous les jours, mais c'est essentiel ! Vous êtes face aux clients, c'est vous qui représentez The Shop dans chacune de vos réponses. Alors oui, des fois, vous en prenez plein la gueule, mais un client mécontent nous apprend toujours comment nous améliorer.

Mélodie était à deux doigts du point de côté.

— Oui, je ferais de mon mieux, mais je voulais vous dire que je pourrais aussi accomplir d'autres missions si besoin, en communication.

Parelli s'arrêta net et Mélodie, emportée par son élan, faillit lui tomber dessus.

— Je ne sais pas ce que YouTravel vous a dit, mais je me doute qu'avec un Master, devenir conseillère client n'était pas votre plan de carrière initial. Je respecte votre ambition, je l'encourage même et je serais ravi de vous proposer un autre poste si vous faites vos preuves. Donnez le meilleur de vous-même, dépassez vos objectifs, améliorez vos statistiques et nous en rediscuterons.

Mélodie acquiesça en silence. Parelli ouvrit la porte du service client, un grand open space où les bureaux et les écrans étaient alignés sur plusieurs rangées. Chaque poste était occupé par un conseiller, majoritairement des jeunes femmes. Ils portaient tous un casque sur la tête et étaient au téléphone avec un client. La salle était bruyante, mais tout le monde semblait s'accommoder du volume sonore ambiant.

Je vais avoir une migraine tous les soirs en bossant ici, c'est sûr.

Elle croisa quelques regards curieux, mais personne ne lui prêta attention. Les arrivées et départs de conseillers clients étaient fréquents, à vrai dire, peu d'entre eux supportent longtemps le rythme de travail et la pression que Mélodie pouvait déjà ressentir. Une grande femme blonde en tailleur vint à leur rencontre d'un pas rapide.

— Salut Magalie, je te présente Mélodie, c'est ta nouvelle conseillère clientèle. Elle vient d'arriver dans le cadre de l'échange d'Adrien, tu te souviens ?

La responsable du service la dévisagea de haut en bas.

— Elle a ses codes d'accès ?

— Oui, elle est prête ! Mélodie, je vous laisse avec votre manager, bon premier jour !

Éric Parelli tourna les talons et quitta la pièce. Magalie invita Mélodie à la suivre d'un signe de tête jusqu'au fond de l'open space, où un poste était vacant à côté de la fenêtre, face à une femme bien plus âgée que les autres conseillères.

4

💬 THE SHOP !

— Bienvenue sur le tchat de The Shop ! Je suis Lola, votre conseillère, en quoi puis-je vous aider ?

— Où est ma commande ? J'attends depuis trois semaines !

— Pouvez-vous me communiquer le numéro de votre commande s'il vous plaît ?

— X23DG45789

— Bonne nouvelle ! Votre commande est en cours de préparation, elle sera bientôt expédiée !

— Putain, tu m'as déjà dit ça la semaine dernière !

— Je n'ai pas compris votre demande, pouvez-vous reformuler ?

— JE VEUX PARLER À UN HUMAIN BORDEL ! ! ! !

— Quelle chance ! Le livre « Je veux parler à un humain » de Pierre Pastel est en stock ! <u>Cliquez ici pour consulter la fiche produit</u> !

— J'EN AI RIEN À FOUUUUUUUUUUUUUUUTRE !

Saisissez votre message...

Une notification apparut sur l'écran de Ghislaine. Un nouveau client était en train de perdre patience, il fallait qu'elle intervienne. Elle cliqua sur l'icône rouge et le tchat du site de The Shop s'ouvrit.

Alors Lola, avec qui tu t'es embrouillée cette fois-ci ?

Le robot était censé aider Ghislaine en traitant les messages faciles et il fonctionnait plutôt bien, mais il avait parfois tendance à compliquer les situations avec certains clients.

Elle désactiva les réponses automatiques du fil de discussion pour choisir elle-même les messages à envoyer à son interlocuteur et elle prit soin de changer la photo de profil du tchat, par celle d'une jolie jeune femme, récupérée sur Internet avant d'écrire.

 THE SHOP !

— Bonjour, je suis Julie, conseillère clientèle de The Shop. Je vous prie d'excuser notre logiciel qui n'arrive pas encore à comprendre toutes les demandes. Merci de patienter, je vérifie les raisons du blocage de votre commande.

— Ah enfin une vraie personne. En fait, il faut s'énerver pour que vous vous réveilliez ?

— Je vous adresse une nouvelle fois toutes nos excuses pour ce désagrément.

— C'est bon Julie, répondez juste à ma demande s'il vous plaît.

Saisissez votre message...

La conseillère clientèle soupira, il en fallait généralement peu pour calmer les clients les plus mécontents. Remplacer sa photo de profil lui faisait perdre une précieuse poignée de secondes, mais depuis la mise en place de ce stratagème, elle avait considérablement augmenté la satisfaction de ses clients. Ghislaine avait ainsi créé plusieurs personnages et jonglait de l'un à l'autre en fonction de son interlocuteur. Un rapide coup d'œil sur la fiche client lui permettait de connaître son sexe et son âge, la conseillère changeait son pseudonyme en fonction de ces informations. Ensuite, elle se contentait d'appuyer sur des réponses préparées en s'assurant de sélectionner la plus adéquate à la situation. Le client pensait être sorti du processus automatique, mais même si l'humain supervisait la machine, il était toujours pris dans l'algorithme. Il avait juste changé de branche dans l'arbre décisionnel.

THE SHOP ! ⊗

— Merci d'avoir patienté. Un article de votre commande est en cours de réapprovisionnement, c'est ce qui bloque son envoi. Nous allons donc vous la livrer, mais sans l'article manquant. Dès qu'il sera disponible, nous vous l'enverrons aussitôt. Je viens de passer le reste de votre commande en livraison prioritaire, vous la recevrez d'ici deux jours, si vous n'avez rien reçu, contactez notre service client et demandez Julie. Je m'en occuperai personnellement. Pour nous excuser du désagrément, je vous offre un bon d'achat de 20€ ainsi que la livraison gratuite sur votre prochaine commande. Avez-vous une autre demande ?

— C'est parfait, pas d'autre demande, merci beaucoup pour votre aide, Julie.

Saisissez votre message...

Ghislaine était passée maître dans l'art de retourner les situations avec ses clients et n'hésitait jamais à employer les grands moyens. Il était facile d'obtenir de bonnes évaluations de clients satisfaits, mais la différence se jouait sur les appréciations positives de personnes mécontentes. C'était sa botte secrète pour se distinguer des autres conseillères clientèles et maintenir d'excellentes statistiques, en particulier un beau 81% dans la catégorie relation clientèle.

Elle ouvrit un fichier caché dans ses dossiers avec des phrases rédigées par ses soins, absentes de la base de données de The Shop.

 THE SHOP !

— C'est moi qui vous remercie. Je comprends votre frustration et une fois encore, je m'excuse au nom de toute l'équipe de The Shop. J'espère avoir pu répondre à vos attentes et si vous avez besoin de quoi que ce soit, contactez-moi.

— Ce n'est pas de votre faute, vous avez fait un super boulot, vous avez parfaitement répondu à mes attentes, merci.

— Dans ce cas, je vous serais très reconnaissante de répondre à l'enquête de satisfaction que vous recevrez suite à notre échange.

— Ça marche, je vous mettrai une bonne note, ne vous inquiétez pas.

— Merci infiniment ! Si vous n'avez pas d'autres demandes, je vous souhaite une agréable journée. À bientôt !

— De même Julie, bonne journée !

Saisissez votre message...

La conseillère clientèle cliqua sur le bouton pour mettre fin à la conversation et réactiver Lola. Le chronomètre en haut de son écran se remit à zéro.

L'échange avait duré un peu moins de deux minutes. C'était beaucoup pour une simple demande de renseignements sur le statut d'une commande, mais Ghislaine s'en moquait. Le taux de satisfaction était la seule statistique importante à ses yeux. Tant qu'elle parviendrait à maintenir son pourcentage au-dessus de 80%, on lui pardonnerait sa lenteur et tout le reste.

Il n'était d'ailleurs pas dans son intérêt d'être plus rapide, sinon Magalie lui donnerait davantage de demandes de clients et donc plus de travail. Ghislaine approchait de son cinquante-huitième anniversaire et désirait juste travailler de la manière la moins désagréable, jusqu'à son départ à la retraite. Elle avait sa routine et rien ne pouvait perturber son quotidien. Magalie avait beau débarquer et hurler dans tous les sens, Ghislaine ne bronchait jamais. Elle restait spectatrice de l'entreprise et du monde en général.

La doyenne des conseillères clientèle n'avait pourtant pas toujours été de ce tempérament passif et attentiste. Pendant des années, elle avait formé une multitude de personnes au langage SQL qui permet d'interroger et d'administrer des bases de données informatiques. Elle pouvait passer des semaines à trier, puis réorganiser une unité de stockage pour rendre les informations plus accessibles aux utilisateurs. Elle créait des requêtes complexes et elle parvenait toujours à trouver les données recherchées dans la base. Elle concevait des systèmes remarquables afin d'archiver les informations et toute la profession enviait ses compétences, jusqu'au jour où tout s'effondra.

Un concurrent lança sur le marché un logiciel capable d'exécuter le travail de Ghislaine, de manière beaucoup plus rapide et surtout bien moins coûteuse. Elle eut beau miser sur la qualité et la personnalisation de sa prestation de spécialiste, la compétition était perdue d'avance. Malgré son expérience et tous ses efforts, Ghislaine ne pouvait pas faire le poids face à l'intelligence artificielle. Elle fut elle-même remplacée par la solution concurrente au bout de quelques semaines, par son propre employeur.

À quarante-cinq ans, son expertise, le travail de toute une vie, était devenue obsolète du jour au lendemain. Elle avait sollicité son réseau pour trouver un autre emploi, mais soit les entreprises adoptaient toutes un système automatisé de gestion, soit elles n'étaient pas assez développées pour avoir besoin des services de Ghislaine. Les mois passèrent sans qu'aucune opportunité ne se présente à elle. On lui préférait toujours des profils plus jeunes, formés aux dernières technologies et moins chers.

Elle entama une formation en data science sans véritable motivation et abandonna trois mois plus tard, submergée par l'intensité du rythme des études. Ses droits au chômage prirent fin, alors résignée, elle accepta un poste provisoire de Pôle Emploi comme conseillère clientèle chez The Shop. Dix ans plus tard, elle exerçait toujours le même métier, au même endroit.

Ghislaine essaya d'apporter son expérience à la jeune entreprise et demanda à évoluer plusieurs fois, mais ce n'était jamais le bon moment, bientôt, lui disait-on. Les statistiques professionnelles firent leur apparition et devinrent l'excuse parfaite pour lui refuser tout progrès de carrière.

Ainsi, un accord fut passé sans qu'aucun mot ne soit jamais prononcé. Ghislaine resterait conseillère clientèle et The Shop la laisserait tranquille, jusqu'à ce que la retraite les sépare.

Chacun donnerait le minimum à l'autre, ni plus ni moins et personne ne romprait ce bras de fer immobile.

— Bonjour !

La souris de Ghislaine s'envola, manquant de peu de renverser sa tasse de café sur son clavier.

— Ho pardon, je ne voulais pas vous faire peur, je suis Mélodie, la nouvelle conseillère clientèle du tchat.

Ghislaine ne répondit pas, elle se contenta de faire remonter sa souris sur son bureau en tirant sur le câble USB. Elle leva la tête vers la jeune femme à l'origine de cette salutation, beaucoup trop énergique pour elle.

— Vous êtes bien Ghislaine ? Magalie m'a dit de venir vous voir, je vais travailler sur le poste en face du vôtre, dit Mélodie.

T'en connais beaucoup des jeunettes de 20 ans qui s'appellent Ghislaine ? Bien sûr que c'est moi. Magalie a encore recruté une flèche.

La responsable du service client vint rejoindre Mélodie qui s'installait.

— Vous avez fait connaissance ? Mélodie, tu as juste à entrer les codes qui t'ont été donnés, tout est déjà paramétré. Ici tu as le logiciel du service client avec les messages entrants et tes statistiques. C'est ton premier jour alors je ne vais pas trop regarder le nombre de demandes que tu traites, mais dès demain il faudra commencer à rattraper le retard que tu auras accumulé aujourd'hui. L'objectif, c'est de traiter 100% des messages tout en maintenant les 80% de satisfaction minimum. Ici, c'est la base de données pour trouver les informations sur les produits, les commandes en cours et tout le reste, là, c'est la doc dont tu auras besoin pour répondre aux clients avec les process et les textes déjà rédigés. Si tu as des questions, Ghislaine est là pour y répondre, n'hésite pas à la solliciter, elle adore transmettre son inépuisable savoir et se fera une joie de t'aider. N'est-ce pas Ghislaine ?

Connasse.

— Tu verras, continua Magalie, au début, elle est un peu froide, mais c'est un amour. Allez ne perds pas de temps, le chrono défile.

Ghislaine observa Mélodie bouger sa souris dans tous les sens et taper sur son clavier toute la matinée. Malgré son stress, elle était de loin la plus lente du service.

Cette jeune fille ne tiendra pas un mois.

5

— *Allez encore un petit effort, plus que 30 secondes, on tient bon ! Super ! C'était la dernière série, on passe aux étirements, vous avez été fantastiques, bravo à tous !*

Samir s'effondra sur son tapis de sport, il détestait les exercices de gainage.

— *On déplie le dos et on va toucher ses orteils en soufflant, voilà. Ne vous inquiétez pas si vous n'arrivez pas jusqu'au sol, l'important, c'est de bien étirer vos jambes.*

Il se courba de tout son long en soufflant et effleura le haut de ses tibias du bout des doigts, Samir détestait les étirements.

— *Je suis vraiment content que vous soyez aussi nombreux pour notre routine matinale. Vous verrez, vous aurez très vite des résultats, vous vous sentirez mieux dans votre corps, mieux dans votre esprit et donc mieux dans votre job !*

Le jeune homme roula son tapis de sport, bien content d'avoir fini sa séance.

— *D'ailleurs, il faut que j'aille bosser moi ! Pensez à bien vous hydrater avec votre bouteille de Power, vous trouverez un code promo dans la description valable aujourd'hui seulement ! N'oubliez pas le petit like, ça fait toujours plaisir, de vous abonner à ma chaine pour ne rater aucune vidéo et de partager ce live pour qu'on soit toujours plus nombreux ! Je vous dis à demain pour notre morning routine de 7h30 ! C'était Mat'Stat, bonne journée de boulot à tous !*

Samir s'essuya le front avec sa serviette, satisfait. Il entra dans la salle de bain, non sans avoir partagé la vidéo dans ses stories avec le titre « Encore une bonne séance avec Mat ! ». C'était la première fois qu'il suivait la routine sportive de l'influenceur et il avait sauté la moitié des exercices, pour ne pas y aller trop fort dès le début, mais sur Instagram, tout le monde ignorait ces détails. À sa sortie de la douche, il jeta un œil sur son téléphone avant de s'habiller. Son post comptabilisait déjà huit likes, Samir était content de s'être levé tôt pour faire du sport. L'important était de garder la motivation pour répéter ces séances plusieurs fois par semaine. La probabilité de voir un jour ses abdominaux dessinés sur son ventre était faible, en revanche, il était facile de paraître pour un sportif aux yeux des autres sur les réseaux sociaux, au grand dam de sa compagne.

Mélodie ne ratait jamais une occasion de se moquer de lui, surtout depuis sa prise de poste chez The Shop. Elle le traitait de mouton et l'accusait de s'inventer une vie sur les réseaux sociaux, comme tout le monde. Il n'était pas d'accord, pour Samir, les communautés virtuelles aidaient les utilisateurs à rester motivés, grâce aux messages de soutien. Que du faux selon Mélodie, les gens font semblant de bien se comporter en public, mais se jalousent en privé. Samir ne trouvait pas la réalité très différente du virtuel sur ce point, les réseaux sociaux n'ont pas changé les personnes, ni les comportements, ils ont juste multiplié les échanges et l'échelle de diffusion des interactions.

Le jeune homme se brossait les dents de la main droite, scrollait de la main gauche avec la dextérité d'un pianiste. C'était son rituel du matin, il lisait toutes les informations possibles sur la NBA jusqu'à partir au travail. Il jetait un œil aux résultats des matchs de la nuit, puis au classement des équipes et regardait le top dix des meilleures actions. Il lisait surtout les dernières déclarations chocs de Kyrie Irving, les nouvelles plaintes de Kevin Durant et James Harden, les critiques des journalistes sur Ben Simmons, les clashs entre fans et haters de LeBron James, au détriment des analyses stratégiques, de moins en moins fréquentes dans les principaux médias spécialisés dans le basketball. Bien souvent, l'essentiel était dans le titre, mais les auteurs étaient très créatifs pour rédiger un flot d'interprétations à partir d'une citation mal traduite et sortie de son contexte. Samir jouait du pouce pour fermer les nombreuses publicités intrusives, dans le but de lire le texte, qui ne lui apprenait rien d'intéressant. Il quittait alors la page de l'article, frustré, et recommençait avec un nouveau sujet, et ce, tout au long de la journée, dès qu'il devait patienter plus de cinq secondes.

— Whoa, t'as pris du muscle non ? Vas-y molo, j'ai pas envie d'avoir Mat'Stat dans mon lit !

Tu serais bien la seule.

Samir venait de rejoindre Mélodie dans la cuisine. Il ne lui répondit pas, ces moqueries ne suffiraient pas à le contrarier, pas avec 17 likes sur la vidéo de sa séance de sport.

— Et tu comptes faire ça tous les jours ? Parce que ton pote Mat n'a pas de gosse à emmener chez la nounou, lui.

Samir ramassa un jouet au sol et le rendit à Elias, assis sur sa chaise haute. Le bambin le renvoya aussitôt par terre, sans quitter son père des yeux. Mélodie était tendue depuis son entretien mensuel avec sa responsable, elle s'était fait sermonner au sujet de ses statistiques, malgré un seul mois d'ancienneté chez The Shop. Depuis, Samir déposait leur fils chez la nounou tous les jours pour aider Mélodie à se connecter à son poste de travail avant l'heure et ne plus être en retard.

— Ne t'inquiète pas pour ça Mélo, je dépose la crapule chez la nounou et s'il est sage, je le ramène à la maison. Quand il sera à la crèche, on pourra l'emmener plus tôt.

Mélodie ne rit pas. Samir regretta d'avoir mentionné la crèche, ce mot était devenu un détonateur pour sa compagne, au même titre que « statistiques ».

— Parti comme c'est, répondit-elle, c'est à l'école qu'on l'emmènera ! On n'a toujours pas de réponse positive.

— Ton contrat sera garanti quand ?

— Le mois prochain, Magalie a prolongé ma période d'essai et vu ce qu'elle m'envoie dans la figure en ce moment, je ne sais pas si elle va me garder.

Elle terminait son petit déjeuner, un bol de céréales avec un yaourt et quelques fruits.

— Tu crois qu'ils font vraiment attention à ça dans les commissions d'attribution de places en crèche ?

— Bien sûr ! Ils manquent tellement de places qu'ils choisissent qui ils veulent, surtout dans les crèches privées ! J'ai un job de merde avec un contrat de merde, qui peut prendre fin dans un an, un salaire de merde et des stats de merde. On n'aura jamais de place, j'ai été conne d'accepter ce poste.

Samir déplaça le paquet de céréales du milieu de la table pour qu'il n'y ait aucun obstacle entre eux. Il ne savait pas toujours quelle attitude adopter face aux difficultés de sa femme. Il ne comprenait pas pourquoi elle ruminait sans cesse. Un problème a toujours une solution, s'il n'y a pas de solution, alors il n'y a pas de problème.

— Hé, c'est pas Magalie qui décide pour les places en crèches, dit-il. Si t'en peux plus de ce job quitte-le, on trouvera une autre solution.

— L'autre solution, c'est que je devienne mère au foyer ! Hors de question, j'ai déjà pris trop de retard avec mes études, il faut que je bosse maintenant.

Il soupira, pour lui, il suffisait juste de ne rien faire. La nounou avait accepté de garder Elias toute la semaine et tout se passait très bien depuis un mois. Samir était d'accord avec Mélodie, une place en crèche, c'était mieux, mais il ne servait à rien de s'entêter si aucune n'était disponible, ils avaient déjà une solution satisfaisante. Il garda cette pensée pour lui, sa compagne était bien trop à cran pour l'entendre.

— Dans ce cas, cherche un autre job !

— Y a rien Sam, tu comprends ça ? Y a rien du tout dans mon domaine et je suis trop nulle pour les seuls postes à pourvoir.

Une nouvelle fois la conversation tournait en rond et Samir luttait pour ne pas s'agacer davantage. Tous les matins, Mélodie traînait des pieds pour aller au travail et elle rentrait le soir exténuée et démotivée.

— Alors change de domaine ! Tu étais major de promo en droit, pourquoi tu ne trouves pas un autre job dans cette branche ?

Mélodie replaça le paquet de céréales devant ses yeux.

— Non. Je ne ferai plus jamais de droit, c'est hors de question. Je préfère encore me faire insulter par des clients et ma chef toute la journée.

Elle termina son café, attrapa son sac et son manteau avant d'embrasser Elias et Samir. Mélodie claqua la porte en sortant et c'est une fois dans la rue, qu'elle laissa ses émotions s'exprimer et son maquillage couler.

6

3 ans plus tôt

— Mélodie, j'ai encore une lettre pour toi ma chérie, tu descends ?

— Tu peux me dire qui c'est maman ?

— L'école d'avocats de Bordeaux.

— Non merci !

La mère de Mélodie ouvrit la porte de la chambre de sa fille. Des piles de livres et de feuilles de cours jonchaient le sol de la petite pièce, certains occupaient le parquet depuis sa première année de licence.

— Pourquoi ? C'est sympa Bordeaux. On pourrait se faire un week-end à Arcachon, après ton entretien.

— Ok pour le weekend, mais je n'irai pas les voir, ils ne sont même pas dans le top dix de la draft cette année. Ils veulent juste se faire de la pub avec mon nom.

Sa mère mima une révérence et redescendit dans le séjour en déchirant la lettre. Mélodie était dans sa première année de Master de droit et préparait le concours d'entrée aux écoles d'avocats. Une formalité pour celle qui était major de promotion chaque année depuis son entrée à l'université de Montpellier. Si la jeune femme travaillait encore jours et nuits, c'était surtout en vue de la draft des écoles d'avocats.

Chaque année, les établissements participent à une loterie pour déterminer l'ordre de sélection. Puis, le soir de la draft, les écoles choisissent à tour de rôle les étudiants qui intégreront leurs rangs pour devenir avocats. Le premier établissement sélectionne le meilleur candidat, c'est ensuite au tour de la seconde école de choisir parmi tous les aspirants restants et ainsi de suite jusqu'à ce qu'il ne reste plus aucune place dans les nouvelles promotions de la prochaine rentrée.

Ce modèle, emprunté aux drafts des ligues de sport américaines, offre aux petites écoles la possibilité d'accueillir les étudiants les plus prometteurs et de faire jeu égal avec les grandes institutions. De plus en plus de secteurs organisent une draft pour assurer une meilleure égalité des chances entre concurrents. Selon le ministre Parker, lui-même choisi en vingt-huitième position de la draft NBA 2001 par les San Antonio Spurs, ce système profitait à tous et créait une compétition vertueuse entre les établissements.

Les écoles d'avocats recrutent dès lors leurs élèves avec le plus grand soin, en fonction du choix en leur possession. Elles engagent des spécialistes, appelés scouts, chargés de suivre certains étudiants dès leur entrée en première année de licence de droit, dans le but de les sélectionner une fois leur Master obtenu.

Mélodie était l'une d'entre eux, un profil très prometteur qui n'avait de cesse de glaner d'excellentes notes et appréciations de ses professeurs. La qualité de ses travaux avait suscité l'intérêt des plus grandes écoles et la jeune femme apprit vite à parfaire son image d'étudiante modèle.

Beaucoup d'autres aspirants étaient tout aussi brillants et étudiaient dans des facultés plus prestigieuses que celle de la capitale de l'Hérault, mais les écoles cherchaient surtout des jeunes capables d'accroître leur notoriété et leur réputation. Mélodie fut l'une des premières aspirantes à exploiter les réseaux sociaux pour augmenter sa visibilité. Elle se fit d'abord connaître en remportant plusieurs concours d'éloquence, puis elle augmenta le nombre de ses followers sur ses comptes. Elle vulgarisait les nouveaux articles de lois sur Linkedin, publiait des photos de visites dans les tribunaux sur Instagram, animait des séances de révision sur Twitch une fois par semaine et interpellait des avocats sur Twitter pour leur poser des questions. Peu à peu, elle avait réussi à se faire connaître et à attirer l'œil des médias. À son arrivée en première année de Master, Mélodie était la grande favorite de la prochaine draft et était pressentie pour être sélectionnée en première position par l'école d'avocats de Marseille. L'étudiante montpelliéraine avait déjà trouvé un appartement à proximité de son futur établissement et se voyait déjà se baigner dans les calanques après les cours.

L'entretien pré draft, qu'elle passa dans la ville phocéenne, ne laissait aucun doute sur les intentions de l'équipe pédagogique concernant Mélodie. Elle avait été accueillie comme une star par les étudiants et professeurs, dès son arrivée en fanfare dans le campus. Des banderoles portaient son nom, des portraits d'elle étaient affichés sur les édifices et un sweat-shirt aux couleurs de l'école lui fut offert par le directeur. Sa visite des locaux ressembla à celle d'un ministre. Mélodie était suivie par une dizaine de professeurs et chacun essayait d'accaparer son attention pour échanger quelques mots, ainsi qu'une poignée de main devant les journalistes. Elle fut invitée dans un grand amphithéâtre plein à craquer, réunissant élèves, personnel et professionnels de la justice. Elle reçut une standing ovation lorsqu'elle s'engagea à contribuer à la reconnaissance de l'école de Marseille, comme étant l'une des meilleures institutions du pays.

Pour les observateurs, l'établissement avait gagné le jackpot en obtenant le premier choix de draft de cette année. Beaucoup voyaient Mélodie comme le nouveau visage de la profession, une brillante avocate dont le succès assurerait longtemps la renommée de l'école. Certains étaient déjà convaincus du futur recrutement de la jeune femme au sein de l'équipe pédagogique, voire sa nomination au poste de directrice, d'ici quelques années.

Pour Mélodie, être choisie en première position était plus qu'un honneur, c'était l'assurance d'être connue de tous les avocats de France. Il serait d'autant plus facile de rejoindre un grand cabinet à la fin de ses études ou de monter sa propre affaire grâce à la notoriété acquise. Elle devait juste maintenir ses excellents résultats et réussir le concours d'entrée pour réaliser son rêve.

Depuis toute petite, Mélodie était fascinée par le combat des hommes et des femmes de lois. Elle préférait les chevaliers aux princesses et Daredevil aux autres super héros. Elle avait aiguisé son esprit critique en écoutant les chansons de Kery James et considérait Marc Aurèle comme le plus grand dirigeant ayant vécu.

Au lycée, elle avait manifesté contre la précarité étudiante et s'était retrouvée face à la police. La fumée des grenades, la charge des CRS sur les adolescents, le poids de l'officier qui l'avait plaquée à terre, les heures de garde à vue, jamais Mélodie n'avait été aussi choquée et humiliée. On l'avait traitée comme une délinquante, pour avoir simplement défilé dans la rue, en soutien des étudiants qui ne pouvaient se loger et se nourrir décemment.

De la colère était née sa détermination, elle deviendrait avocate et lutterait contre l'injustice. Elle serait le porte-parole des sans voix et défendrait les causes perdues, comme elle s'apprêtait à le faire une nouvelle fois dans sa chambre, au cours d'un énième procès fictif devant ses vieilles peluches.

Au terme d'une longue plaidoirie pour défendre un lapin multirécidiviste, la jeune femme remporta une nouvelle victoire et s'endormit satisfaite dans son lit.

Elle fut réveillée de bonne heure le lendemain, par les vibrations incessantes de son téléphone.

— Mais… comment ont-ils trouvé ça ? Putain, c'est la merde !

7

 **MAT STAT** Devenez numéro 1

Pour récupérer, il ne faut pas nécessairement couper (d'ailleurs je poste ça un dimanche lol).

Je sais que de nombreuses personnes aiment prendre quelques jours, voire plus, pour récupérer entre deux contrats.
Ceux qui me suivent savent que je considère que le repos est sacré pour être performant et bien évidemment j'encourage tout le monde à s'octroyer des temps de récupération professionnelle.

Mais de mon expérience, si j'ai bien appris une chose c'est qu'il n'y a pas une seule façon de recouvrer ses forces et s'obliger à tout couper n'est finalement pas toujours une bonne idée…

En ce qui me concerne, les vacances et les weekends ont commencé à être véritablement bénéfiques lorsque j'ai assumé que je pouvais continuer à travailler !
J'ai mis de côté ma culpabilité de salarié et mes croyances sur le sujet pour deux principales raisons :
Parce que si je coupe tout, cela me stresse plus que cela ne m'apaise. Dommage…
Et puis, tout simplement parce que j'aime ce que je fais, alors pourquoi devrais-je m'en priver ?

J'ai donc le plaisir de vous annoncer que je démarre une mission de six mois en tant que Directeur de la communication chez The Shop, et ce, dès lundi (demain en fait) !

Et vous, c'est quoi votre équilibre pour enchaîner deux missions ?

Mat'Stat

 Éric et 78183 autres personnes   6569 commentaires

Mélodie dut se frayer un chemin parmi la foule de fans et solliciter l'aide du vigile pour entrer dans les bureaux de The Shop. À l'intérieur, Éric Parelli faisait patienter une dizaine de journalistes et photographes devant la salle de conférence. Mélodie se dirigea vers l'escalier lorsqu'elle entendit les cris de la foule, dehors. Une berline s'arrêta au milieu de la rue et des agents de sécurité vinrent ouvrir la porte arrière pour escorter Mat'Stat. Le PDG se jeta sur lui et les flashs des appareils photo crépitèrent pour immortaliser l'interminable poignée de main entre les deux hommes.

L'assemblée prit place dans la salle aménagée pour la traditionnelle conférence de presse qui accompagnait chaque signature de Mat dans une entreprise. Le nouveau salarié prit soin de revêtir un polo aux couleurs de The Shop par-dessus sa chemise et de s'asseoir face à la multitude de micros, devant le logo de la société sur le mur, sans le cacher, à côté de Parelli. La conférence était retransmise en direct sur BFM Business, ainsi que sur plusieurs chaines Youtube et Twitch.

Mélodie arriva dans le bureau du service client. Tous les ordinateurs avaient été allumés et diffusaient l'interview de Mat'Stat. Elle s'assit à son poste et attendit, comme tout le monde, le début de la conférence.

Mat sortit de son sac une bouteille de Power, bu une gorgée face caméra et la posa devant lui, logo visible. Il sourit, distribua quelques clins d'œil aux journalistes qu'il reconnaissait et s'approcha des micros.

— Bonjour à tous, vous allez bien ?

Il se tourna vers Parelli et posa sa main sur l'épaule du dirigeant.

— Avant de commencer, j'aimerais te remercier Éric. Je suis très content d'être ici et de rejoindre The Shop. Merci aussi à vous tous d'être venus, je suis heureux de vous voir.

— C'est moi qui te remercie de nous avoir choisi, Mat, répondit le PDG, toute l'entreprise est fière de t'accueillir pour les six prochains mois.

Mat lui rendit son sourire et se tourna vers les journalistes.

— À toi l'honneur Déborah.

— Bonjour Mat, votre annonce de rejoindre The Shop a été soudaine et a surpris pas mal de monde, pourquoi avez-vous rejoint cette PME ?

— J'ai toujours été fan de cette société. Je suis un client régulier et j'apprécie les valeurs qu'elle porte. J'ai été séduit par la personnalité d'Éric et son désir d'atteindre l'excellence en termes de service client, tout en restant simple. C'est une boite qui veut jouer parmi les grandes et qui a un potentiel illimité. La concurrence est rude, mais j'ai le sentiment de pouvoir aider The Shop à atteindre les sommets.

Le regard de Mat se porta vers un autre journaliste, avant la fin de sa réponse, pour ne donner aucune chance à son interlocutrice de rebondir sur ses propos.

— Oui, vous, au fond.

Un grand homme en sweatshirt se leva.

— Stephen de l'Équipe Business, justement en quoi pensez-vous être la pièce manquante à The Shop pour performer ?

— Je dirais que jusqu'à présent, The Shop s'est concentré sur les fondamentaux. Sur ce qui permet à une entreprise de vivre et Éric a parfaitement eu raison d'appliquer cette stratégie. Désormais, les bases sont solides, mais pour viser le haut du classement, il est temps de passer à l'offensive. Vous me connaissez tous, je suis un attaquant et j'aime prendre des risques. Mon rôle est donc d'être agressif pour gagner de nouvelles parts de marché. Madame, devant.

— Anne Mérigot, Les Echos.

Mat connaissait bien Anne, elle était parmi ses plus ferventes détractrices. Elle publiait régulièrement des éditos contre lui et il savait que la snober ne l'empêcherait pas d'écrire à son sujet. De toute façon, dès que la journaliste rédigeait un article sur le net, l'armée de fans de Mat se défoulait aussitôt sur elle.

— J'ai une question pour vous, monsieur Parelli, dit Anne Mérigot. Le bruit court que vos actionnaires sont mécontents, vos objectifs ne seraient pas atteints et The Shop pourrait être dans une situation critique dans quelques mois. Est-ce que la signature, sans aucun doute onéreuse, de Mat'Stat est un coup de communication pour tenter de redresser la barre et votre côte auprès de vos investisseurs ou est-ce l'acte désespéré d'un dirigeant qui mène son entreprise droit dans le mur ?

Le sourire d'Éric Parelli s'effaça, mais avant qu'il n'ait pu dire un mot, Mat posa sa main sur son bras et prit la parole.

— Je me permets de vous répondre, Anne. Le bruit que vous avez entendu ou cru entendre ne reflète en rien la réalité. Pensez-vous que j'aurais risqué ma réputation si The Shop était condamnée ? Si c'était un simple coup de com', Éric m'aurait embauché pour une campagne de publicité ou un événement ponctuel. Dès le départ, il m'a proposé de rester six mois dans son entreprise pour que je puisse l'améliorer sur le long terme. C'est ainsi que fonctionnent les grands dirigeants, ils prennent des décisions qui impacteront leurs sociétés et leurs salariés pour les prochaines années, voire décennies. Je vous propose d'en reparler à ce moment-là, enfin si vous êtes toujours en poste. Monsieur au troisième rang, c'est à…

— Mat, quel est le montant de votre salaire chez The Shop ?

— Vous avez déjà posé votre question, Anne, Monsieur, c'est à vous.

— Vous ne souhaitez pas révéler le montant de votre rémunération ? Est-elle si extravagante ? insista Anne Mérigot.

Éric Parelli était prêt à faire venir la sécurité pour exclure la journaliste, mais Mat lui fit signe que ce n'était pas nécessaire. Ce serait donner raison à Anne et il valait mieux ne pas entrer dans son jeu.

— Elle n'est pas extravagante, elle est juste, mais c'est ma vie privée, donc c'est confidentiel. Maintenant, j'aimerais écouter la question de monsieur si vous le voulez bien.

Il avait choisi un jeune Youtubeur à succès qui ne prendrait pas le risque de poser une question embarrassante pour sa première conférence avec Mat.

— Bonjour Mat, Kevin Bouchard de la chaîne Stat'osphérique, je…

— J'aime beaucoup le nom de votre chaîne Kevin ! Vous parlez de statistiques ?

— Oui, je crée du contenu sur les statistiques les plus demandées par les employeurs, celles qui permettent de booster des carrières, entre autres.

— C'est génial Kevin ! Un petit instant s'il vous plaît. Voilà, je me suis abonné à votre chaîne, j'ai hâte de regarder ça !

— Whoa, merci Mat, je parle régulièrement de vous et franchement, merci !

— C'est normal Kevin, il faut qu'on se serre les coudes !

Mat se tourna vers une caméra.

— Les amis, allez-vous abonner à la chaîne de Kevin, c'est génial ce que ce mec fait ! Bon, excusez-moi, je me suis emporté, c'est plus fort que moi quand on parle de stats. Posez-moi votre question Kevin, je suis prêt !

Les mains du jeune homme tremblaient, il avait du mal à relire ses notes. Combien de followers gagnerait-il grâce à la publicité de Mat'Stat, le roi des statistiques ? Il arriverait sûrement enfin à décrocher des contrats publicitaires et pourrait vivre de ses vidéos Youtube. Il inspira profondément, il était en direct, ce n'était pas le moment de vaciller.

— Mat, comme je viens de vous le dire, j'étudie de près les statistiques dans le milieu professionnel. On voit beaucoup de spécialistes et de dirigeants dans les médias qui débattent de quelle est la meilleure statistique à travailler quand on est salarié. Celle qui fait la différence en entreprise, celle qui permet vraiment de se distinguer de la concurrence. J'ai épluché toutes vos interviews et je n'ai jamais lu votre réponse à cette question que tout le monde se pose. J'aimerais vous la poser aujourd'hui Mat. Quelle est pour vous, la plus grande statistique professionnelle, celle que les américains appellent la GOAT Stat, la Greatest Of All Time Stat ?

Mat recula dans son siège en hochant la tête et saisit sa bouteille de Power. Il fixa le mur du fond de la pièce en dévissant lentement le bouchon. Il but une gorgée avant de poser la bouteille et de joindre les mains devant sa bouche. Mat ferma les yeux pendant cinq secondes, c'est la durée qu'on lui avait conseillée pour créer du suspens et captiver son auditoire. Toute l'assemblée et les spectateurs attendaient patiemment le verdict du roi sur cette question inintéressante et pourtant existentielle dans le milieu des passionnés des statistiques.

Les déclarations de célébrités avaient toujours plus d'impact et Mat éludait la question pour faire monter l'attente de sa réponse. Il semblait hésiter à la donner, mais il était en réalité heureux qu'elle lui fut posée aujourd'hui. Ses mots seraient aussitôt repris partout dans les médias et éclipseraient totalement l'intervention d'Anne Mérigot sur sa rémunération.

— C'est une question difficile Kevin. C'est vrai que je n'y ai jamais vraiment répondu, alors comme je vous aime bien, je vais vous faire cette faveur. Pour moi, la statistique la plus importante, celle que je cultive le plus, c'est la ponctualité.

Mat savoura quelques instants l'effet de son annonce dans l'assemblée avant de poursuivre.

— Je sais, vous ne vous attendiez pas à celle-ci, poursuivit la star, mais c'est la vérité. Les gens citent souvent le pourcentage d'atteinte des objectifs, la moyenne du temps de travail, la vitesse d'exécution d'une tâche ou d'autres statistiques de production, mais pour moi, c'est la ponctualité. Quand vous arrivez à l'heure, que ce soit à la salle, au travail, à un rendez-vous, non seulement vous respectez les autres, mais vous vous respectez vous-même. Être ponctuel, ça signifie que vous êtes discipliné, que vous savez gérer vos priorités et travailler efficacement pour être à l'heure, peu importe la situation et les imprévus. Quand je programme quelque chose dans mon agenda, même aller boire un verre avec des amis le weekend, je m'efforce d'être ponctuel. J'organise toute ma journée et je ne rate jamais l'heure que j'ai fixée pour toutes mes activités. C'est comme ça que j'atteins mes objectifs. C'est aussi ça qui m'a plu chez The Shop. Tous les salariés bossent comme des fous pour que les livraisons se fassent à la date prévue. Êtes-vous satisfait de ma réponse ? C'est vous qui avez eu le scoop Kevin !

— Très satisfait Mat, je n'avais jamais envisagé le taux de ponctualité sous cet angle, merci beaucoup d'avoir répondu et d'avoir partagé votre expérience. Et merci pour votre gentillesse, vous êtes une grande source d'inspiration pour moi et tous les autres qui vous suivent. Vous êtes vraiment le meilleur.

— Non, Kevin, c'est toi le meilleur ! Continue comme ça mon pote ! D'ailleurs, en parlant de ponctualité, je crois que cette conférence est bientôt terminée, non ?

Parelli approuva, à contrecœur. Il aurait aimé dire quelques mots face caméra, mais il n'avait pas le talent de Mat'Stat pour réciter ses gammes.

Encore heureux qu'il soit bon vu ce qu'il coûte !

8

— Mélodie, tu peux venir une seconde s'il te plait.

Lorsque Magalie abandonnait son ton directif pour des formules de politesse, cela ne présageait rien de bon. Mélodie ferma la session de son ordinateur et la suivit dans son bureau, une petite pièce aménagée comme un poste de travail d'appoint, au milieu des fournitures, que la responsable du service client occupait depuis une dizaine d'années. Magalie resta debout, adossée contre le mur, bras croisés.

— Inutile de t'asseoir, ce ne sera pas long, dit-elle.

Ça y est, ils me transfèrent ou ils me coupent !

Mélodie avait rejoint The Shop depuis à peine un mois et l'entreprise pouvait encore se séparer d'elle à moindres frais. Serait-ce une simple réduction de la masse salariale pour réaliser des économies ? Et si la journaliste des Échos avait vu juste à propos de la situation financière de The Shop ?

« Fais attention à tes stats Mélo. Mélo, tes stats ne sont pas bonnes. Allez Mélo, même Ghislaine y arrive, il faut que tu ailles plus vite ! »

La responsable du service client passait son temps à surveiller le rendement de Mélodie et en dépit d'un taux de satisfaction correct et à la hausse, elle se focalisait sur sa vitesse d'exécution, toujours trop lente à son goût.

« Elle te teste pour voir ce que tu as dans le ventre, lui avait dit Ghislaine. Ça durera jusqu'à ce qu'une nouvelle arrive et devienne son nouveau bouc émissaire. Si ton taux de satisfaction ne descend pas, Parelli refusera de te virer. »

Et si Ghislaine avait tort ? L'arrivée de Mat'Stat bousculait-elle la donne ? Il était censé augmenter les ventes, et de ce fait, les sollicitations du service client. Depuis l'annonce de son embauche, toutes les conseillères clientèle croulaient sous les appels, les emails et Magalie était plus tendue que jamais.

— Mélo, tu quittes le service client, aujourd'hui, maintenant même.

— Pourquoi ? Qu'est-ce que j'ai fait ?

La responsable ne put réprimer un sourire.

— Rien du tout, ordre d'Éric, répondit Magalie en prenant quelques secondes pour savourer la montée de stress de sa conseillère. Il a besoin d'une assistante capable d'écrire deux phrases sans faire de faute. Tu es la dernière arrivée, la moins efficace de l'équipe et tes statistiques en orthographe ne sont pas trop mauvaises, donc tu changes de poste et tu vas bosser avec la direction au troisième étage. Prends tes affaires et vas-y.

Mélodie n'osa pas répondre et ouvrit la porte.

— Mélo, ne prends pas trop tes aises là-haut. Ce n'est pas une promotion, c'est provisoire. Tu redescendras ensuite au service client, alors essaie de ne pas oublier le peu que tu as appris ici.

La jeune femme regagna son poste sous les regards furtifs et amusés des autres salariées. Elle expliqua à demi-mot à

Ghislaine sa nouvelle affectation et sa collègue lui souhaita bonne chance, du bout des lèvres. La conseillère expérimentée se surprit à éprouver de la déception, malgré son accoutumance aux allers et venues des employés du service client. Cette Mélodie avait quelque chose d'authentique, une sincérité et une volonté qui lui rappelaient sa jeunesse, lorsqu'elle était la seule femme étudiante de Master de la faculté d'informatique de Lille.

En ces quelques semaines passées ensemble, un lien commençait à se créer entre elles. Ghislaine s'ouvrait peu à peu, s'autorisait des sourires et quelques séances de bavardage. Elle avait même pris la défense de Mélodie lors d'une altercation avec Magalie. La manager n'osait plus s'en prendre à la jeune femme devant Ghislaine et la convoquait systématiquement dans son bureau pour la réprimander. Les deux collègues formaient depuis un binôme, à l'écart du reste du groupe de conseillères clientèle, toutes ralliées à la responsable.

Mélodie quitta le service sans même un regard à l'attention de ses collaboratrices et Magalie, sans joie non plus, malgré la délivrance. Elle réprimait l'espoir que Parelli ait changé d'avis et s'apprête à lui confier des missions de communication, de peur d'être déçue. Elle monta l'escalier et traversa le long couloir, à la manière d'une condamnée, sous les regards curieux des employés des ressources humaines et du marketing, jusqu'au bureau du PDG. Travailler pour Parelli, même en tant que secrétaire, pouvait être une opportunité, mais serait-il meilleur manager que Magalie ?

— Emilie ! s'exclama le patron en sautant de sa chaise pour venir à sa rencontre, dès qu'elle franchit le pas de la porte grand ouverte.

— Mélodie.

— Oui, bien sûr ! Venez, asseyez-vous. Ça va ? Magalie ne m'en veut pas trop ?

— Je dirais qu'elle est un peu stressée.

— Magalie ? un peu stressée ? Cette femme est la définition du stress, mais c'est la meilleure ! Elle se donne à fond pour son travail et c'est pour ça qu'on a un service client incroyable ! Bon, j'imagine qu'elle vous a dit ce que vous venez faire ici ?

— Elle m'a dit que j'étais votre nouvelle assistante, pour quelque temps, répondit-elle en se forçant à sourire.

— C'est presque ça, vous ne serez pas mon assistante, mais celle de Mat'Stat ! Il a besoin d'une personne qui l'aide à prendre des notes. Vous comprenez, c'est un créatif, il lui faut quelqu'un pour mettre sur papier ses idées et rédiger tout ce que son génie peut produire. Franchement, je vous envie. Vous n'imaginez pas le nombre de personnes qui seraient prêtes à payer cher pour avoir la chance de passer leurs journées avec lui. Et vous, vous êtes rémunérée pour le faire !

— Oui, je… je ne réalise pas bien en effet, répondit Mélodie sans feindre le choc de l'annonce.

Super, je vais être le larbin du mec le plus insupportable de France.

— C'est normal, dit Parelli, moi-même, j'ai encore du mal à croire qu'il bosse chez nous ! Je compte sur vous pour noter tout ce que vous pouvez sur Mat'Stat. Au-delà de ses idées, je veux tout savoir sur lui, ses routines, les logiciels qu'il utilise, la position dans laquelle il réfléchit, ce qu'il mange, comment il fait ses lacets… absolument tout ! Ce type est un talent générationnel alors, observez-le et apprenez de lui au maximum ! Venez, allons vous présenter.

70

Éric Parelli se leva, excité comme un enfant, pour accompagner Mélodie jusqu'au bureau de Mat, à quelques mètres du sien. Avant de frapper à la porte, il se retourna une dernière fois vers elle.

— Ah, Élodie, je compte aussi sur vous pour modérer vos émotions et rester professionnelle. Ne me faites pas honte à jouer la groupie et à déranger notre ami. Il lui faut du calme et de l'écoute. Il n'a pas besoin que vous lui racontiez votre vie. Je sais que Mat est irrésistible, mais s'il vous plaît, contrôlez-vous. Je n'aurais aucune indulgence en cas de mauvais comportement, c'est bien clair ?

Ok, je vais essayer de ne pas l'étrangler.

— Oui monsieur.

9

« Madame, c'est l'hôpital Saint-Joseph, votre mari a eu un accident de moto. Il va bien, mais il va devoir rester quelques jours en observation. Vous pouvez venir lui rendre visite. »

Mélodie déboula dans la chambre d'hôpital moins d'une heure après avoir écouté le message laissé sur son répondeur. Samir venait de se réveiller, il était alité, le bras droit entièrement bandé. Il lui sourit en grimaçant, Mélodie s'assit sur un tabouret et lui prit la main droite.

— Comment te sens-tu ?

— Mal, la moto est détruite ! Non ça va, j'ai un peu mal partout, mais je crois que je m'en sors plutôt bien.

La jeune femme ignora la tentative d'humour de son compagnon, comme elle essayait de faire abstraction des écrans et des bips autour d'eux. Elle avait toujours craint de se retrouver dans cette situation depuis que Samir avait passé son permis moto, puis acheté son véhicule. Elle imaginait souvent le pire, se retrouver seule à élever leur fils, trois vies brisées par un accident de la route.

— Qu'est-ce qui s'est passé ?

— Un mec sur son téléphone au volant. J'ai été projeté par terre, enfin je crois, j'ai perdu connaissance ensuite. Je suis tombé sur le bras, j'ai plusieurs fractures, mais j'ai eu de la chance, rien de trop grave.

— J'ai eu tellement peur, dit-elle en retenant ses larmes.

Samir était immobile, le bras dans le plâtre et une impressionnante minerve au cou. Elle devait être forte, pour lui.

— Ça va aller Mélo, c'est fini, tout va bien. Dans quelques jours, je vais rentrer à la maison et tout sera comme avant.

Ils restèrent silencieux, à se dévisager main dans la main, savourant cet instant de retrouvailles.

— Bon et sinon ? t'as vu Mat'Stat ? Raconte !

Elle n'avait aucune envie de parler de The Shop et encore moins de sa première journée avec Mat, mais Samir avait besoin de penser à autre chose.

— Oui, je l'ai vu, on a dû assister à sa conférence de presse et ensuite pas grand-chose, j'ai juste changé de poste, dit-elle en détournant le regard vers la fenêtre.

— C'est-à-dire ?

Mélodie ménagea son suspens, feignant de se remémorer sa journée. Elle aimait surtout tester l'impatience de Samir, mais cette fois-ci, il avait tout le temps d'attendre.

— En fait, j'ai cru que j'allais être virée, mais finalement, je suis devenue son assistante, lui répondit-elle, surprise de son propre enthousiasme.

— L'assistante de qui ?

— Mat'Stat !

— Bien essayé, tu n'as pas honte de te moquer de moi dans mon état ?

Mélodie lui raconta en détail ses entretiens avec Magalie et Parelli, puis sa rencontre avec la superstar Mat'Stat.

L'excitation de son compagnon se mua ensuite en crainte lorsqu'elle mentionna son nouveau quotidien auprès de l'homme élu le plus sexy de France, ces trois dernières années.

— Et du coup, il est comment Mat au travail ?

— Détendu, très détendu. Ce n'est que mon premier jour, mais pour un type censé révolutionner The Shop, il n'a pas l'air d'être sous pression, loin de là. En fait, aujourd'hui il n'a fait que bavarder et lancer une balle en mousse contre le mur en rigolant.

— Et il t'a dit des choses intéressantes ? demanda Samir en imaginant la tête de ses collègues lorsqu'il leur racontera les anecdotes de la célébrité.

— Pas grand-chose. Pourtant qu'est-ce qu'il parle ! Il passe d'une idée à l'autre sans arrêt, il est très difficile à suivre. À un moment, il m'a demandé si je pensais qu'un rhinocéros pourrait battre un éléphant et il a débattu tout seul pendant vingt minutes là-dessus en faisant rebondir sa balle. Je ne sais pas s'il fait ça pour me mettre à l'aise, mais ça m'énerve plus qu'autre chose. Parelli m'a dit de noter tout ce qu'il fait, mais j'ai eu du mal à écrire quelque chose d'intéressant de tout l'après-midi. On verra demain, il m'a tout de même l'air d'être un sacré glandeur.

— Tu dis ça parce que tu ne l'aimes pas. Il n'a pas obtenu toutes ses statistiques et son succès en glandant. Même si tu ne vas pas être d'accord, c'est une sacrée chance pour toi de l'étudier. Ce type sait ce qu'il faut faire pour réussir.

Mélodie ne répondit pas. Samir et Parelli avaient raison sur ce point, elle était aux premières loges pour découvrir les secrets de Mat'Stats. Elle avait beau haïr son personnage, elle ne devait pas laisser passer cette opportunité.

— Je comprends que j'ai tout à gagner à copiner avec Mat, mais j'ai vraiment pas envie d'apprendre à être comme lui.

Samir exprima un grognement de douleur, ou de frustration, Mélodie n'en était pas certaine.

— Le problème Mélo, c'est que t'es obligée, ce sont les règles du jeu. Il faut que tu prennes soin de ton image au boulot et sur les réseaux sociaux. T'auras aucune perspective d'évolution sinon. Tu mérites tellement mieux, les gens ne savent pas à quel point tu es brillante, il faut le leur dire ! C'est juste de la mise en scène.

Un surplus d'émotion poussa Mélodie à tourner le dos à Samir pour fixer le petit bout de ciel visible entre les tours de la ville et cacher ses yeux humides. Elle n'avait jamais raconté à son compagnon la vérité sur son parcours en droit. Il savait juste qu'elle avait été une brillante étudiante et qu'elle s'était réorientée dans le marketing.

« J'avais choisi le droit parce que ça faisait bien, mais je n'aimais pas beaucoup ça. Je m'épanouis beaucoup plus dans la communication. » lui avait-elle dit à l'époque.

Mélodie avait beau enfouir le passé au plus profond d'elle-même, il trouvait toujours un moyen de la rattraper.

10

J-5 avant la draft

Mélodie ouvrit la première notification et son sang se glaça. Elle découvrit une vidéo d'elle, vieille de six ans, tournée en cachette au poste de police lors de son unique garde à vue. Une arrestation de quelques heures à peine, le temps qu'un officier lui fasse un rappel à l'ordre et que ses parents viennent la chercher. Les images la montraient derrière les barreaux, hurlant à pleins poumons et insultant les policiers sans retenue. La vidéo était titrée « Scandale ! La future numéro 1 de draft des écoles d'avocat insulte des policiers ! » et comptabilisait déjà 2 000 vues sur Youtube. Mélodie ignorait avoir été filmée et ne trouva aucune mention de l'auteur. Elle chercha des indices dans les commentaires, sans succès.

Et ça veut devenir avocate ? qu'elle retourne en cellule !

♡ 82   ↻ 54   ♡ 257

Comment peut-on insulter des gens qui font juste leur travail ? cette fille a un sérieux problème.
♡ 41   ↻ 23   ♡ 174

Espère pas devenir avocate après ça !
♡ 230   ↻ 124   ♡ 5366

Elle hésita à répondre, mais en bonne étudiante de droit,
elle prépara plutôt sa défense. Mélodie alluma son ordinateur
et rédigea un message au propriétaire anonyme de la chaîne
Youtube, qui hébergeait la vidéo, pour exiger la suppression
immédiate de ce contenu et l'informer de son intention de
porter plainte. Elle réfléchit ensuite à l'argumentation qu'elle
présenterait, si par malheur une école venait à tomber sur ces
images. Son téléphone sonna et son cœur s'emballa. Elle lut
le nom de l'émetteur, c'était Jeanne, sa camarade de promotion et son amie depuis le collège.

— Mélo ! C'est quoi ce bordel ? C'est quoi cette vidéo ?
Qu'est-ce que t'as foutu ?

— Je ne sais pas, je ne sais pas d'où ça sort ! C'était il y a
six ans ! Je viens de demander la suppression, mais je ne sais
pas qui a posté ça !

— C'est trop tard Mélo, c'est sur Twitter maintenant, il y
a plein de gens qui relaient la vidéo et qui commentent, t'es
dans la merde !

Mélodie regarda son ordinateur, la vidéo avait déjà 5 000
vues et aucune réponse du propriétaire.

— Je vais porter plainte.

— Tu ferais mieux de préparer tes excuses et trouver comment tu vas te justifier.

— M'excuser de quoi ? j'ai rien fait, j'avais 17 ans et je manifestais ! Marcher dans la rue pour exprimer son mécontentement n'est pas un crime, c'est un droit. Alors oui, j'ai crié, mais j'avais de quoi être en colère !

— Non Mélo, là je pense qu'il va falloir des excuses publiques et que tu sois convaincante dans tes regrets parce que tout le monde pense que tu es une anarchiste anti-flic et plein de conneries de ce genre !

— Sérieux ?

— Oui c'est chaud là ce qui se dit sur toi ! Juste avant la draft en plus, y a quelqu'un qui a voulu te faire tomber, c'est la seule explication.

Mélodie activa le haut-parleur pour poser son téléphone et se tenir la tête entre les mains.

Ce n'est pas réel, c'est un cauchemar, je vais me réveiller.

Elle eut pourtant beau se frotter les yeux et se pincer, elle ne dormait pas et son mobile vibrait toujours au rythme des notifications.

— Qui ?

— Je ne sais pas Mélo, le plus probable, c'est quelqu'un qui souhaite prendre ta place de numéro 1.

— Thibaut ? Il est pressenti pour être numéro 2 ou Maxence ? je vais leur écrire…

— NON ! tu n'écris rien du tout, tu ne leur parles pas Mélo ! Même si ce n'est pas l'un d'entre eux, ils utiliseront ton message contre toi pour remonter dans le classement. On est à cinq jours de la draft, il n'y a plus de camaraderie, c'est la guerre. Tout le monde gagne à ce que tu perdes ta place de favorite, tu n'as plus d'alliés, tu n'as que des adversaires Mélo.

— Sauf toi, t'es toujours avec moi Jeanne ?

— Bien sûr, je devrais être draftée à la 34e place, alors une de plus ou de moins c'est pareil pour moi. Tout ce que je veux, c'est être avocate et qu'on le devienne ensemble.

Mélodie essuya ses larmes et se pencha sur son téléphone.

— Merci, t'imagines pas ce que ça représente pour moi, mais comment Thibaut aurait eu cette vidéo ? t'as une idée de qui aurait pu filmer ça ?

— Mélodie, ce n'est pas important, tu ne peux rien y faire alors concentre-toi sur la suite.

— Ok, je vais rédiger un post et une lettre pour l'école de Marseille, Merci Jeanne.

La vidéo de Mélodie avait atteint les 100 000 vues dans l'après-midi et était en top tendance sur Youtube lorsqu'elle publia une longue lettre sur son compte Twitter. Elle y présentait le contexte, toujours manquant sur les réseaux sociaux, de la scène filmée à son insu, ainsi que ses excuses. Elle clamait haut et fort son attachement à la justice, aux forces de l'ordre et prenait l'engagement solennel d'être une avocate exemplaire, au service de l'intérêt commun. Les jours suivants, la jeune femme tenta de joindre un responsable de l'école de Marseille, sans y parvenir. Elle avait réitéré son apologie auprès d'une journaliste, dans l'espoir de montrer sa maturité et convaincre le plus grand nombre qu'elle n'était plus cette rebelle en colère contre la police. La veille de la draft les images de sa rage comptabilisaient plusieurs centaines de milliers de visionnages et le scandale ne semblait pas diminuer en intensité.

« Ne t'inquiète pas Mélo, les gens aiment juste le drama, tu restes la meilleure et tout le monde le sait. »

Jeanne était la seule aspirante de la draft à soutenir publiquement son amie. Elle la défendait à travers de longs posts sur les réseaux sociaux et répondait aux commentaires avec des arguments solides et un calme olympien. La loyauté de la jeune femme envers Mélodie fut remarquée et Jeanne fut même choisie pour le dernier interview d'avant draft du magazine des professions juridiques, Le Monde du Droit.

Le jour de la draft, le suspens était total. L'école des avocats de Marseille maintiendrait-elle sa décision de choisir Mélodie, de loin la meilleure étudiante du pays et toujours favorite auprès des bookmakers, ou choisirait-elle d'épargner sa réputation en laissant la pépite décriée à un autre établissement ?

Tous les aspirants ayant obtenu leur concours et inscrits à la draft se réunirent au Palais des Congrès à Paris, comme chaque année pour cet événement majeur, retransmis en direct sur la chaîne télévisée parlementaire et les réseaux sociaux. Le président de l'Association des Écoles d'Avocats de France fit son apparition sur scène et, après un bref discours, se dirigea vers le pupitre pour commencer la sélection.

Mélodie était assise au milieu de la salle entre sa mère et Jeanne, elle leur serrait la main de plus en plus fort. L'interminable attente était sur le point de prendre fin, jamais, elle ne s'était sentie aussi stressée.

— Mesdames, messieurs, il est temps de procéder à cette nouvelle draft et d'annoncer les choix des écoles. Avec le premier choix de la draft, l'école de Marseille sélectionne… Thibault Trévier, de l'université de Saint-Etienne.

Le jeune homme cria de joie et bondit rejoindre le président sur l'estrade sous les acclamations du public. Le dirigeant lui serra longuement la main devant les caméras en le félicitant et lui remit la casquette de l'école d'avocats de Marseille.

— Ça va aller Mélo, ce n'est pas si important que ça d'être premier, tu vas être sélectionnée et tu seras avocate, c'est le principal.

Les mots de sa mère n'empêchèrent pas Mélodie de s'effondrer. Un caméraman qui la surveillait braqua son objectif vers elle et un nouveau déluge de commentaires haineux et satisfaits s'abattirent sur le compte Twitter de la favorite déchue.

— Avec le second choix, l'école de Versailles sélectionne… Karima Benzaoui, de l'université de Lille.

— Avec le troisième choix, l'école de Pau sélectionne… Maxence Vinetredi, de l'université d'Agen.

— Avec le quatrième choix, l'école de Lyon sélectionne… Vanessa Tavernier de l'université de Toulouse.

Mélodie vivait un cauchemar, toutes ces années de travail acharné pour intégrer le top 3 de la draft, balayées en quelques minutes. Elle n'avait qu'une hâte, que la cérémonie se termine, pour que cesse son humiliation.

— Avec le cinquième choix, l'école de Rennes sélectionne… Jeanne Heiling de l'université de Montpellier.

Jeanne se leva sous les yeux abasourdis de Mélodie.

— Désolée Mélo, je dois y aller… courage.

Elle suivit du regard son amie monter sur l'estrade et récupérer la casquette de l'école de Rennes. Jeanne, prévue à la 34e position, avait vu sa côte grimper de manière spectaculaire ces derniers jours, pourtant, aucun spécialiste ne la pensait capable d'être choisie aussi haut. Elle avait obtenu son concours de justesse, mais sa défense de Mélodie et sa médiatisation juste avant la draft semblaient avoir convaincu l'école de Rennes d'utiliser son 5e choix pour la sélectionner.

Mélodie l'observait saluer le président. Elle n'écoutait plus les noms des étudiants appelés, elle fixait le tableau récapitulatif affiché sur l'écran géant au fond de la scène sans même voir les aspirants défiler. Elle n'entendit pas non plus la draft se conclure sans qu'elle fût appelée.

Elle était obnubilée par un souvenir qui venait de jaillir de sa mémoire. Celui de Jeanne, elle aussi en garde à vue, ce même jour où elle avait perdu son sang-froid.

11

L'arrêt de travail de Samir prit fin et il retourna dans les locaux de son entreprise pour la première fois depuis son accident. Une absence d'un mois et demi, semblable à une éternité pour lui. Ses petites habitudes et le rythme de son quotidien au travail lui manquaient après ces longues semaines passées en jogging à la maison. Il se sentait devenir paresseux et attendait de reprendre le travail pour se sortir du cercle vicieux de l'oisiveté. Samir avait besoin de coder, rien d'autre ne le stimulait davantage que son métier de développeur.

Il adorait passer des heures à chercher l'erreur dans des lignes de code et il exultait lorsqu'il trouvait enfin la solution. Plus le problème était difficile, plus il devenait essentiel de le résoudre. Samir y réfléchissait la nuit, sous la douche, dans le métro et parfois quand Mélodie lui racontait sa journée. Pour son esprit cartésien, aucune situation n'était insolvable, jusqu'à son dernier rendez-vous à l'hôpital, pour être enfin libéré de son plâtre.

Le médecin avait essayé de le prévenir, mais Samir n'écoutait pas. Il ne souhaitait qu'une seule chose, retourner au travail. Même plusieurs jours après lui avoir annoncé qu'il ne retrouverait pas totalement l'usage de son bras, Samir n'acceptait pas que son problème soit irrémédiable. Il essayait de bouger les doigts et de plier son coude, il était aussi retourné sur le terrain de basketball, espérant que ses réflexes se réveilleraient au contact du ballon, en vain. À l'exception du poids de son bras, le retrait de son plâtre n'avait rien changé à son handicap.

« Il va falloir patienter plusieurs mois et faire beaucoup de rééducation pour retrouver l'usage de votre bras, mais même si tout se passe bien, certains nerfs de vos doigts ne cicatriseront pas. Il est très probable que vous ne puissiez jamais les réutiliser comme avant. »

Samir retournait au travail avec la détermination de renouer avec sa vie d'avant son accident. Il avait non seulement besoin de coder pour se distraire, mais aussi pour regagner confiance en ses capacités. Lorsqu'il arriva au bureau, tous ses collègues étaient déjà présents, mais seuls quelques-uns vinrent le saluer, non sans compassion. Les autres se contentèrent d'un signe de tête gêné, avant de replonger leurs regards sur leurs écrans.

Ils ont dû apprendre mon retour ce matin.

Il décida de revenir détendre l'atmosphère, après son rendez-vous avec le DRH pour les formalités de reprise de son travail. Samir posa son sac devant son bureau, inhabituellement bien rangé et alla frapper à la porte des ressources humaines. Le responsable ouvrit presque aussitôt la porte.

— Salut Sam ! Comment vas-tu ? Viens, on va directement dans mon bureau, si tu veux bien. Bon alors comment te sens-tu ? Quelle horreur cet accident ! Tu as reçu notre carte ?

— Oui Marc, j'ai reçu les fleurs et les chocolats, ça m'a fait très plaisir merci. Ça a été dur, vraiment, il y a plein de choses que je ne peux plus faire, mais bon, je persévère.

— J'imagine, le principal, c'est que tu sois en forme.

Le responsable des ressources humaines fit entrer Samir dans son bureau, un homme s'y trouvait déjà.

— Sam, voici Pierre, c'est notre avocat. Il est surtout là pour nous donner des conseils. Je t'en prie, assieds-toi. Comme je te l'ai dit, toute l'équipe est navrée pour ton accident et on est très content de voir que tu vas bien. En revanche, tu comprends que ça change pas mal de choses par rapport à ton poste.

— Oui, je m'en doute, j'apprends à me servir de ma main gauche, mais il va me falloir un peu de temps…

— En fait, ça change beaucoup de choses pour ton poste Samir, l'interrompit Marc.

Il s'arrêta, visiblement gêné, mais Samir ne semblait pas comprendre.

— On est obligé d'en rester là Sam, poursuivit le DRH, on va rompre ton contrat.

— C'est une blague ?

Samir sentit son cœur s'emballer et son visage rougir de colère, mais il se retint pour entendre la suite. Ce n'était pas le moment d'exploser.

— Écoute Samir, tu as le bras paralysé, comment comptes-tu coder maintenant ?

Ce n'était pas plus le moment, mais Samir explosa.

— J'ai toujours ma main gauche et je retrouverai rapidement l'usage de ma main droite, putain ! Vous ne pouvez pas patienter un peu ? Vous voulez me jeter alors que vous ne savez même pas si je suis encore capable de bosser comme avant ! Après tout ce que j'ai fait pour cette boite, merde quoi !

Marc inspira et, en bon professionnel des ressources humaines, tenta de se faire le plus doux possible.

— On a eu le rapport du médecin, il n'est pas aussi optimiste. On ne pourra pas atteindre nos objectifs avec un développeur qui est trois fois plus lent que les autres, aussi bon soit-il.

— Et ça ne vous viendrait pas à l'idée de regarder s'il existe des claviers spécifiques ou des logiciels qui pourraient m'aider ? Vous m'aviez promis un poste de manager, c'est le moment ! Donnez-moi une équipe de développeurs et je leur apprendrai à coder. Je sais pas, réfléchissez un peu bordel, il y a toujours des solutions !

— Allons, calme-toi Samir, ce n'est pas aussi simple, tu nous mets dans l'embarras avec cet accident, on n'avait pas prévu de…

— Et tu crois que moi, j'avais prévu de me faire faucher ? J'ai failli mourir et toi, tu me parles de tes chiffres, putain mais c'est pas croyable !

— Samir…

— Non mais c'est bon, je ne bosserai plus pour des connards, filez-moi mon chèque et je me casse.

Marc échangea un regard avec l'avocat qui prit enfin la parole.

— Nous vous proposons un buyout, soit le rachat du reste de votre contrat. Il vous restait encore quatre années, nous acceptons de vous en payer une complète pour vous libérer dès maintenant. En échange de quoi, nous nous engageons à ne pas vous poursuivre pour non-respect des clauses médicales de votre contrat.

— Quoi ? Non-respect de quoi ? Vous allez me payer mes quatre années restantes si vous ne voulez pas qu'on se retrouve aux prud'hommes !

L'avocat ouvrit son porte-document et sortit une feuille, pour l'effet du geste, il était coutumier de ce genre d'échanges et connaissait les réponses par cœur. Il fit tout de même mine de vérifier.

— Vous n'aviez pas déclaré à votre employeur que vous étiez motard, or toutes les activités potentiellement dangereuses doivent être préalablement acceptées par l'assurance de votre entreprise. Ensuite, lors de votre accident, vous auriez dû être pris en charge par un médecin agréé par votre employeur, qui vous aurait fait passer les examens nécessaires…

— Ah putain, c'est vrai, je n'y ai pas pensé quand j'étais inconscient sur la route ! Vous savez quoi ? Vous devriez faire porter des colliers à vos salariés avec le nom de votre médecin pour les pompiers ! Franchement, vous entendez ce que vous dites ?

Marc tenta de reprendre la main.

— Écoute Samir, on ne peut pas te payer toutes tes années restantes, il va falloir qu'on recrute un autre développeur et on ne peut pas se permettre de verser deux salaires, dont un pour quelqu'un qui ne travaille plus avec nous. Je te le dis clairement, en toute amitié, si tu n'acceptes pas notre proposition de buyout, tu seras mis au placard et tu ne vaudras plus rien sur le marché du travail. Tes statistiques baisseront et personne ne voudra embaucher un mec qui n'a pas bossé pendant quatre ans. On t'offre une année de salaire sans que tu aies à travailler et tu es libre de faire ce que tu veux. Ça te donnera le temps de te retourner, de t'occuper de ton fils et peut-être de faire autre chose.

— T'es vraiment un enfoiré Marc, c'est bon, je vais le signer votre papier, mais j'espère que vous réalisez à quel point vous êtes des raclures.

— Vous devriez surveiller votre lang…

— C'est bon Pierre, laisse-le, tu fais le bon choix Samir. Il n'y a rien de personnel, tu sais.

— Ouais ouais, c'est ça, va te faire foutre !

Samir manqua de transpercer la feuille en signant de sa main gauche. Il jeta le stylo sur la table basse et quitta le bureau, puis l'entreprise sans un mot à ses collègues, qui tentaient de se cacher comme des autruches dans l'open space.

12

— Ho, je sais Mélo ! Quand est-ce qu'on se Shop ? C'est bon non ? Les gens vont rire et vont aller sur le site, c'est sûr !

— Hum, je trouve qu'on n'a pas encore la notoriété pour faire une com aussi décalée. Les « gens », comme tu dis, vont nous identifier au mieux, comme un site de rencontres ou une boutique en ligne érotique, et ça pourrait être facilement détourné par nos concurrents.

Mat s'écroula sur son bureau, puis redressa la tête.

— Ok, alors que dis-tu de celle-ci : The Shop, the place to Shop !

— Ça ne dit pas grand-chose sur l'entreprise.

La star sauta de sa chaise.

— The Shop, just buy it ! s'écria-t-il.

— Ça, c'est le slogan de Nike.

— Shoppez chez the Shop ! dit-il en s'approchant du bureau de Mélodie.

— Mat, c'est la même que la première.

— 1, 2, 3, Shoppez !

Elle soupira, mais au fond d'elle, Mélodie jubilait. La veille, Parelli était entré en trombe dans leur bureau et avait manqué Mat de quelques minutes, rentré chez lui.

« Mélodie, demain, à la première heure, dîtes à Mat que la campagne publicitaire est avancée de deux semaines, il nous faudra un slogan avant midi. »

La jeune femme avait attendu la fin de matinée pour prévenir son manager. Il lui restait moins d'une heure pour trouver la phrase qui serait affichée partout dans le métro de Paris. Tout le monde, Parelli le premier, attendait de voir le génie de Mat'Stat à l'œuvre, de connaître les mots choisis par la superstar pour rester dans les mémoires des passants et augmenter les ventes sur le site de The Shop.

Plus le temps s'écoulait et plus Mat s'agitait. Il se jetait sur sa chaise, puis faisait un bond, tournait autour de son bureau, avant de se rasseoir et de recommencer. Il était pris au piège, dans quelques instants Parelli, et tous les autres, se rendraient compte de l'incompétence du champion.

Mélodie travaillait avec Mat depuis plusieurs semaines et elle n'avait plus de doute sur son responsable. C'était un beau parleur, qui n'avait aucune connaissance de son métier. Elle n'en pouvait plus de travailler en écoutant les idioties de cet enfant dans un corps d'adulte. Son seul talent se résumait à savoir jouer la comédie et elle devait le reconnaître, il était passé maître en la matière.

Plusieurs fois par jour, des cadres de l'entreprise, et surtout Parelli, venaient lui demander son avis sur un sujet, bien souvent sans rapport direct avec la communication. À force de l'observer, Mélodie savait repérer le moment où Mat décrochait et ne comprenait plus son interlocuteur. Il souriait comme un bêta et hochait la tête de haut en bas, mais il parvenait toujours à détourner l'attention et à valoriser la personne en face de lui à coup de « Et toi, qu'en penses tu ? ».

Il lui suffisait ensuite d'exprimer son accord avec l'argumentaire qu'on lui présentait et le demandeur s'en retournait à son poste en le remerciant, ravi d'avoir obtenu les compliments de la star.

Mélodie avait bien étudié ce tour de passe-passe de son manager et elle en était arrivée à la conclusion que les gens étaient si intimidés par le célèbre nigaud, qu'ils bossaient à fond leurs idées et leurs arguments avant de venir les lui présenter. Mat faisait son numéro, un sourire, une tape sur l'épaule et ils repartaient satisfaits. Cette reconnaissance de la vedette était addictive et tous revenaient chercher les encouragements du génie. C'était ainsi que Mat augmentait les performances des équipes, donc ses propres statistiques et c'est pourquoi la motivation des salariés baissait toujours après son départ.

Toute l'entreprise, tout le monde même, était pris dans un cercle vertueux, ou vicieux selon Mélodie, qui entretenait le mythe des performances de Mat et camouflait son incompétence.

« Et si c'était justement ça, son plus grand talent ? Ok, il est sûrement nul, mais c'est un excellent manager qui sait inspirer les autres. »

Samir aurait pu avoir raison, mais Mélodie passait ses journées à écouter les débilités de Mat'Stats et refusait de croire qu'il était l'auteur d'une stratégie si efficace, capable de berner les plus grands patrons et journalistes du pays.

Elle cherchait depuis plusieurs semaines le moyen de le prendre au piège et Parelli le lui avait servi sur un plateau. Mélodie avait réfléchi à des slogans toute la nuit et lorsque le patron se rendrait compte de l'échec de Mat, elle sauverait la situation en lui démontrant ses talents de communicante.

« C'est un peu nul comme stratégie, non ? C'est inspiré d'un film ? »

Cette fois-ci Samir avait raison, mais parfois plus le plan est grossier, plus il est crédible. C'était surtout le seul que Mélodie possédait pour déstabiliser Mat'Stat et gagner des points auprès de Parelli.

« Et ce serait quoi la suite ? Mat est viré et tu es nommée à sa place ? C'est pas un peu idéaliste ? », avait ajouté son compagnon peu convaincu par son stratagème.

Mélodie ne se faisait pas d'illusions, au mieux Mat se ferait sermonner, mais il était plus probable que rien ne change. Peu importe, l'essentiel était d'ouvrir les yeux de Parelli. Elle se contenterait de la satisfaction d'avoir battu Mat'Stat et de passer tous les matins devant un slogan écrit par ses soins, dans le métro.

Il restait dix minutes avant midi et Parelli pouvait entrer à tout moment dans le bureau. Mélodie sentit son ventre se nouer, son cœur battait de plus en plus vite, son plan était simple et sans risque, pourquoi stressait-elle autant ?

« Rien n'est avantageux qui te fait perdre le respect de toi-même. »

La citation de Marc-Aurèle lui revint en tête, bien qu'elle n'ait pas relu ses Méditations depuis le lycée. Qu'était-elle en train de faire ? Mélodie avait fait de l'honnêteté son principe directeur et s'apprêtait une nouvelle fois à transgresser ses propres valeurs.

La vie est injuste, je suis obligée de le faire, c'est moi qui devrais être à la place de cet idiot.

Mélodie avait chaud, elle aussi commençait à s'agiter et s'efforçait de respirer lentement pour retrouver son calme. La douleur dans son ventre devint insupportable, elle était prête à tout pour que cette situation cesse.

— Allez Mat, je sens que tu n'es pas loin, que veut-on que les gens retiennent en lisant le slogan ? dit Mélodie, elle-même surprise de lui venir en aide et d'œuvrer contre son propre plan.

Mat'Stat cachait son visage sous ses mains, front contre son bureau. Il releva la tête, un léger regain d'espoir dans les yeux.

— Oui Melo, tu as raison ! Il nous faut une musique ! Ho, je sais, la musique de la pub qui fait bip bipbipbip bip ! je l'ai toujours dans la tête, ça marche bien ça !

— Non Mat, déjà, on n'a pas le droit de prendre une musique qui ne nous appartient pas et ensuite, on n'est pas sur une campagne de pub TV, il nous faut du texte.

— Ah bah oui, mince.

Il faut tout lui dire.

Au diable son plan, il ne restait que cinq minutes avant midi et Parelli ne serait pas en retard.

Quel con d'avoir dit à tout le monde qu'il fallait être ponctuel.

Mélodie regarda discrètement les slogans enregistrés sur son téléphone.

— Concentre-toi Mat, The Shop c'est la livraison rapide, alors on pourrait dire The Shop, commandez, c'est livré !

— Ou alors, The Shop, c'est livré avant que vous commandiez ! répondit-il avec enthousiasme.

N'importe quoi.

— Que penses-tu de celle-ci Mat : The Shop, Commandez en un clic, recevez en un éclair !

— J'aime bien, mais je dirais plutôt The Shop, plus rapide que l'éclair !

— Mais tu as enlevé tout ce qui faisait référence au e-commerce ! On ne sait pas de quoi on parle ! s'écria la jeune femme.

J'en peux plus de ce mec !

— Bon, sinon on peut aussi parler du service client de The Shop, tout le monde livre très rapidement maintenant, mais personne n'a un service client de qualité comme le nôtre, avec des conseillers qui sont ici à Paris.

— Ah oui, c'est pas mal, on pourrait dire : The Shop, le service client à votre service !

— Je pensais plutôt à The Shop, la liberté de choisir, comme ça on met en avant le fait que le client fait ce qu'il veut, il peut changer d'avis, retourner les articles et les échanger.

Mat la regarda attentivement, il semblait enfin réfléchir. Mélodie n'en était pas certaine, elle n'avait pas eu beaucoup d'occasions de le voir utiliser cette capacité dont il semblait finalement pourvu. La jeune femme espérait qu'il l'écoute enfin, il restait dix secondes avant midi, Parelli était surement déjà derrière la porte à atteindre l'heure exacte.

— Je l'ai Mélo, écoute ça.

Il se leva, les mains en avant et marqua une pause, c'était leur dernière chance.

— Liberté, Égalité, Shoppez !

Mélodie s'écroula sur sa chaise.

Il le fait exprès.

À midi pile, la porte s'ouvrit en grand et Parelli entra.

94

— Alors mon champion, ce slogan ? Ça donne quoi ? demanda-t-il de sa grosse voix.

Mélodie se redressa et se plongea sur l'écran noir de son ordinateur en veille. Sans réfléchir, elle ouvrit la bouche pour dicter un des slogans qu'elle avait trouvé la veille, avant que Mat ne réponde, mais Parelli leva l'index.

— Non Mélissa, je veux l'entendre de sa bouche. Vas-y Mat, fais-moi rêver !

Mat regarda son assistante et se leva de sa chaise en tremblant. Mélodie n'avait jamais eu aussi mal au ventre. Elle avait imaginé la scène toute la nuit et désormais, elle aimerait pouvoir s'enfuir le plus loin possible. Elle assistait impuissante au crash de la star qu'elle avait elle-même orchestré. Mat'Stat fit le tour du bureau et se tint face au PDG, il le regarda dans les yeux et lui répondit calmement.

— Quand est-ce qu'on se Shop ?

Un long silence, trop long, envahit le petit bureau. Parelli demeurait immobile, il jeta un œil à Mélodie, paralysée par la honte. Elle dut se mordre la langue pour ne pas éclater nerveusement de rire devant le comique de cette situation.

Ça y est, il a vu le vrai visage de Mat'Stat.

Éric Parelli enleva ses lunettes, les essuya puis les remit sur son nez avant d'enfin briser l'insoutenable suspens.

— Mat, tu es… un génie ! C'est excellent ! J'adore !

Les deux hommes se tapèrent dans la main sous le regard médusé de Mélodie.

— Mélanie ? Vous m'entendez ? Envoyez le slogan de Mat aux graphistes, dites-leur de l'intégrer dans tous les visuels de notre nouvelle campagne.

— Oui… d'accord, je… fais ça.

Parelli quitta le bureau en répétant la trouvaille de Mat'Stat
à voix haute, comblé par le travail de la superstar.

C'est un cauchemar, je vais me réveiller.

13

— Samir, vous avez réussi les tests de sélection. Je dois même avouer que votre code est très propre, parfaitement commenté et vous avez même été très astucieux pour réduire le nombre de lignes. À vrai dire, c'est la première fois que je vais réutiliser les résultats d'un test de recrutement pour nos projets, félicitations.

— Merci, du coup, je commence quand ?

Le recruteur lui rendit son sourire. Il joignit les mains et baissa la tête vers ses notes. Samir avait envoyé plus d'une vingtaine de candidatures et ce n'était que son deuxième entretien en trois mois. En temps normal, il n'aurait jamais postulé pour cet emploi, il était trop qualifié pour le poste et le salaire était bien inférieur à son ancienne rémunération. New Dev était pourtant une startup prometteuse, avec une équipe jeune. L'endroit idéal pour redonner un coup de boost à ses statistiques en baisse, tout en prenant du plaisir à travailler.

— Vous êtes motivé, ça me plaît, dit le recruteur, le problème, c'est le temps d'exécution. Il vous en a fallu deux fois plus que les autres candidats pour coder.

— Oui, mais j'ai fait bien mieux, vous venez de le dire.

— C'est vrai, mais le modèle économique de New Dev repose sur la vitesse. Nous dépannons nos clients en leur proposant une solution qui fonctionne en un temps record. L'optimisation du code, la recherche de fonctionnalités supplémentaires n'est pas dans notre ADN. Nous faisons du dépannage, nos délais sont très serrés et donc nous préférons quelqu'un de moins bon, mais plus rapide.

En fait, tu leur vends une solution temporaire et ça ne t'intéresse pas de résoudre leurs problèmes parce que tu veux qu'ils reviennent te voir.

Samir garda ses pensées pour lui. En tant que développeur expérimenté, il ne cautionnait pas cette pratique et le travail sous pression l'enchantait peu, mais il ne pouvait pas se permettre d'abandonner sa seule opportunité de travail.

— Je suis en pleine rééducation, avec le bon matériel et un peu plus de temps, je peux être plus rapide. Et puis, je ne fais pas d'erreur quand je code. Le temps que je perds, vous le regagnez en réduisant les phases de tests et de correction.

— Vous avez raison, mais je ne peux pas vous engager au poste de lead développeur, le risque est trop grand. Vos stats sont bonnes, mais elles diminuent. Votre NEP a déjà perdu quatre points depuis la fin de votre dernier emploi. Qu'est-ce qui me dit que vous serez capable de revenir à votre meilleur niveau ? Et si vous faites une rechute ? C'est courant après ce genre de blessure. De nombreux salariés ne sont plus les mêmes.

Samir ne répondit pas. À chaque fois, c'était la même chose. Les blessures sont la bête noire des employeurs et brisent de plus en plus de carrières de salariés.

— J'ai tout de même envie de bosser avec vous Samir, même si votre ancien employeur m'a dit que vous pouviez être instable et difficile à manager. J'aimerais vous proposer quelque chose, un deal gagnant-gagnant.

— Je vous écoute.

Qu'est-ce que j'ai à perdre de toute façon.

— Je vous offre un contrat d'un an pour vous relancer au salaire minimum vétéran. Je veux que vous formiez l'équipe de développeurs, que vous deveniez une sorte de mentor si vous préférez. Nos équipes sont jeunes, on mise sur des talents, mais ils ont besoin d'être entourés de personnes expérimentées pour progresser. Vos heures seront réduites et si l'un des développeurs s'absente, vous le remplacerez provisoirement. À la fin de l'année, si votre NEP remonte au-dessus des 60% nous pourrons envisager un nouveau contrat plus avantageux pour vous. Qu'en dites-vous ?

Samir fit mine de peser le pour et le contre, mais son interlocuteur savait qu'il n'avait pas beaucoup d'options.

— Et si à la fin de l'année, on me fait une meilleure offre ailleurs ?

— Nous ajoutons toujours une clause de protection sur les contrats de nos salariés. Si une autre entreprise vous fait une offre l'an prochain, nous aurons la possibilité de nous aligner sur les mêmes conditions et de vous conserver si nous le souhaitons. C'est une bonne chose pour vous, vous pourrez faire monter les enchères, mais il faut que vous nous prouviez que vous en valez le prix.

Le jeune homme se leva et fit quelques pas dans le bureau en repensant à son quotidien, seul à la maison, à attendre l'heure d'aller chercher Elias chez la nounou. Un emploi, même de ce genre, l'aiderait peut-être à trouver une place en crèche. C'était son quatrième entretien et d'habitude, on ne prenait pas la peine de lui faire passer des tests. Toutes ses autres candidatures restaient sans réponse.

— Si je comprends bien, je fais une pige chez vous pour former vos gars, mais avec un rôle réduit. Comment suis-je censé retrouver mes statistiques si je bosse moins qu'avant ?

Le recruteur replongea son regard dans ses notes, davantage pour fuir les yeux de Samir que pour trouver une réponse.

— Vos statistiques vont certainement diminuer, il est très peu probable que vous retrouviez les résultats d'avant votre blessure, mais soyons honnêtes, même si vous étiez développeur à temps plein, vos heures de gloire à ce poste sont derrière vous désormais.

— Je n'ai que trente-deux ans ! s'exclama Samir.

— Ce n'est pas une question d'âge, du moins pas dans votre cas. Vous devez faire le deuil de vos compétences. Vous avez été un super développeur et quand je vois les stats que vous aviez en programmation, j'aurais facilement transféré la moitié de l'équipe pour vous faire venir. J'espère que vous redeviendrez une partie du professionnel que vous étiez, mais franchement, ce serait une première.

Samir posa ses mains sur le dossier de la chaise, baissa la tête et fixa les lames de parquet. S'il refusait cette proposition, il reviendrait à la case départ, sans aucune perspective d'emploi et un nouvel avis pessimiste sur sa situation. Le test de sélection serait déclaré à la CNIL et n'aiderait pas à améliorer ses statistiques de vitesse.

Accepter un salaire minimum, c'était aussi admettre qu'il n'était plus que l'ombre de lui-même et s'avouer vaincu.

« Tu es trop orgueilleux Sam, c'est ton plus gros défaut », lui disait régulièrement Mélodie.

Elle avait tort, c'était une qualité. Samir refusait simplement qu'on lui manque de respect. Il avait toujours été un garçon bizarre, à l'écart des autres et s'était longtemps réfugié dans la lecture, puis l'informatique. Pendant tout son cursus scolaire, il s'était fondu dans la masse. Le genre de personne à s'excuser lorsqu'on le bousculait. Jusqu'au jour où il en eut assez de vivre par procuration dans son monde imaginaire.

Samir s'essaya au basketball et développa une nouvelle personnalité de compétiteur, davantage motivée par le refus de perdre que par l'envie de gagner. Chaque gymnase était une arène, chaque match était un combat, il ne jouait pas pour battre ses adversaires, mais pour les dominer.

Il décida que rien ni personne ne pourrait l'empêcher d'aller au bout de ses projets. Pendant ses études en informatique, il n'était pas le meilleur des étudiants, mais aucun problème ne lui résistait. Samir pouvait passer des jours sans manger, des nuits sans dormir, à chercher les causes d'un dysfonctionnement dans des lignes de codes et il trouvait toujours la solution.

Il avait sans cesse besoin de se challenger pour prouver au monde, pour se prouver à lui-même, que sa volonté n'avait aucune limite. Samir voulait être indépendant ne rien devoir à personne. Il voulait vivre libre.

Sa récente blessure était le plus grand défi de sa vie. Il refusait d'être considéré comme handicapé, même temporairement. Samir devait à tout prix surmonter cette épreuve, mais il était souvent en proie au doute. Et si ce personnage au mental d'acier qu'il s'était forgé était une illusion ? Peut-être n'était-il pas aussi fort qu'il le pensait.

« Peut-être que l'histoire se termine ainsi. peut-être que le temps m'a vaincu... Mais peut-être pas ! »

Mélodie se moquait de lui lorsqu'il citait son idole Kobe Bryant. La légende des Los Angeles Lakers s'était rompu le tendon d'Achille à trente-cinq ans et était restée sur le terrain pour tirer ses lancers francs sur un pied, avant de rejoindre l'infirmerie. Contre toute attente, il prit sa retraite après deux ans de travail pour revenir au plus haut niveau, au terme d'un ultime match où il marqua soixante points.

« Si vous me voyez me battre avec un ours, priez pour l'ours. J'ai toujours aimé cette citation. C'est ça la Mamba Mentality. On n'abandonne pas, on ne se cache pas, on ne court pas. On subit, et on conquiert ! »

Samir n'était pas Kobe Bryant, mais il pouvait lui aussi renaître de ses cendres et prendre sa revanche. Il leva la tête et sourit au recruteur.

— Dans ce cas, je n'ai pas le choix, je vais devoir décliner votre offre.

14

— Hey Mat ! Tu as ta balle ? regarde ce que t'ai apporté !

Mélodie sortit un mini panier de basketball de son sac et l'accrocha à la corbeille à papier, entre leurs deux bureaux. Les yeux de Mat s'illuminèrent, il avait beau être riche et célèbre, il s'extasiait d'un rien, comme un enfant. Même s'il l'insupportait souvent, Mélodie appréciait sa simplicité. Mat'Stat avait tout pour lui et pourtant ce n'était pas quelqu'un d'arrogant. Il discutait volontiers avec tout le monde, son enthousiasme était toujours sincère et communicatif. Sa campagne, « Quand est-ce qu'on se Shop ? » était un succès et malgré toutes les félicitations de Parelli, il avait le triomphe modeste. Il avait même attribué une part du mérite à Mélodie. C'était elle, finalement qui avait reçu une leçon d'humilité.

— Énorme ! Super idée ! dit-il en ouvrant le tiroir de son bureau avec fracas.

Mat saisit le ballon miniature et arma son bras pour tirer.

— Alors Mat ? t'as pas bossé tes stats de lancers francs ? dit-elle, lorsqu'il manqua la cible.

— Montre-moi donc ce que tu vaux, Mélo.

La jeune femme mima un tir en déséquilibre en tirant la langue à la manière de Michael Jordan. Le ballon rebondit sur le petit panneau et entra dans l'anneau.

— Pas mal, voyons si c'était de la chance et si tu peux recommencer.

— *Y a pas de chance dans la vie* Mat, *y'a que du travail* ! lui répondit Mélodie avec une de ses propres citations.

— Ah, tu lis mes posts ?

J'ai pas le choix, on ne voit que toi sur les réseaux.

— Oui régulièrement, d'ailleurs comment fais-tu pour trouver ces phrases ?

Mat hésitait à répondre. Il garda la balle quelques secondes avant de la relancer dans la corbeille.

— Je ne les écris pas toutes, j'ai un community manager.

Je le savais !

— Mais, comment fais-tu pour avoir 88% en qualité de rédaction si tu ne rédiges pas ?

— Hé bien… c'est de l'entraînement, tu sais, c'est vrai que je ne rédige plus beaucoup, enfin, je veux dire, si je rédige à côté, mais pas dans le cadre professionnel…

— Donc tu écris sur ton temps personnel et ça fait augmenter tes stats professionnelles ?

Je vais te coincer

— Non, je me suis mal exprimé. C'est dans le cadre professionnel, mais ce n'est pas toujours lié à mon contrat en cours.

— Tu triches en fait ?

Mat bondit de sa chaise, c'est la première fois que Mélodie voyait son sourire d'ange retomber.

— Que cherches-tu à faire, Mélodie ? Ça fait des mois qu'on partage ce bureau, que tu tires la tronche, que tu contredis toutes mes idées et maintenant, tu veux jouer à la balle et tu me poses plein de questions ? Tu veux me faire dire quelque chose ? Tu as un micro ? Eh bien enregistre ça : je ne triche pas, je bosse. Quand tu rentres chez toi, je bosse. Quand tu manges, je bosse. Quand tu dors, je bosse. Quand tu passes du bon temps avec tes potes et ta famille, je bosse. Et quand mon community manager publie pour moi, je bosse aussi. Tu penses peut-être que j'ai trouvé un filon pour avoir des stats facilement ? Je te donne mon secret : toute ma vie est rythmée par les statistiques, je n'ai aucune pause, jamais.

L'air satisfait de Mélodie disparut à son tour. Mat n'était finalement pas aussi bête qu'il en avait l'air. Elle devait regagner sa confiance et l'apaiser, après tout, il était son manager, il n'aurait aucun mal à convaincre Parelli de la renvoyer au service client ou de la licencier sur le champ.

Mélodie mettait en péril son nouveau plan. L'ancienne entreprise de son conjoint ne lui verserait bientôt plus de salaire et la jeune femme n'avait aucune garantie d'être gardée par The Shop à la fin de l'année. Samir et elle se retrouveraient tous les deux sans emploi et sans aucune perspective d'en trouver un. Mélodie ne voulait pas l'admettre, mais Mat était la seule personne à pouvoir les aider. Elle travaillait tous les jours avec le roi des statistiques, il fallait à tout prix qu'elle tire profit de cette opportunité pour découvrir comment la star avait réussi à acquérir d'aussi impressionnantes statistiques.

— Excuse-moi Mat, je voulais juste te taquiner. En fait, j'ai réalisé hier soir que tu partais dans deux mois et que je devrais retourner au service client. Je suis contente d'avoir passé tout ce temps avec toi, mais je suis frustrée parce que je pensais que bosser ensemble m'aiderait à augmenter mes stats. Je voulais apprendre de toi et en fait, je n'arrive pas à faire décoller mon NEP. J'ai peur que Parelli n'active pas mon option et j'ai besoin de ce travail parce que mon conjoint a perdu son job après son accident. Et puis on n'arrive pas à trouver une place en crèche et...

Mélodie se surprit à être gagnée par l'émotion en exprimant ses craintes à voix haute. Elle n'avait rien trouvé de mieux à dire que la vérité. Mat se leva et vint se pencher au-dessus d'elle, il lui mit la main sur l'épaule.

— Hé, ça va aller Mélo, je comprends. Pourquoi tu ne m'as pas raconté tout ça ? Je pensais que tu étais juste frustrée de bosser avec moi, comme la plupart des gens.

— Ah bon ?

Mat se redressa.

— C'est toujours comme ça, partout où je vais, quoi que je dise ou quoi que je fasse, les gens pensent que je ne mérite pas mon succès. Ils sont toujours faux avec moi ou simplement jaloux, mais personne n'a conscience des sacrifices que je fais tous les jours. Tu sais, lorsqu'on cherchait un slogan, tout le monde m'aurait laissé tomber, mais toi, tu as essayé de m'aider.

Mélodie détourna le regard.

— Non, Mat, je ne t'ai pas aidé, ta première idée était la bonne et je t'ai dit que c'était nul.

Elle se frotta les yeux.

— J'ai voulu te piéger Mat, cria Mélodie qui sentait la boule au ventre revenir et qui ne pouvait plus mentir. Je savais depuis la veille qu'il fallait un slogan pour midi et je te l'ai dit à onze heures. J'ai réfléchi toute la nuit à des phrases pour montrer à Parelli que j'étais meilleure que toi. Voilà qui je suis, Mat, je pensais avoir des principes, mais je les renie tous parce que je ne fais qu'échouer.

Mat se figea. Il fit quelques pas vers son bureau et se tourna vers la fenêtre, tournant le dos à Mélodie.

— Tu as voulu me piéger, murmura-t-il.

— Oui, j'en suis venue à croire que pour réussir, il faut tricher, prétendre d'être quelqu'un d'autre, éliminer la concurrence, mais je n'y arrive pas. Tant pis si je me fais virer, je ne peux plus faire semblant.

Elle essuya ses yeux, prête à entendre le sermon et à accepter la sanction. Au diable ses statistiques et son travail. Lorsque Mélodie s'était remotivée à reprendre des études après des mois de dépression suite à la draft, elle espérait connaître le même succès. Elle avait obtenu son second Master en marketing sans difficulté et voulait utiliser son éloquence pour devenir une spécialiste de la communication. Elle pensait avoir fait le plus difficile, mais le marché du travail en avait décidé autrement. Peut-être s'était-elle surestimée ou n'était-elle pas faite pour travailler en entreprise ? Elle n'était pas la meilleure, Mélodie le comprenait à présent. La leçon était difficile à accepter, mais elle était nécessaire.

— Tu as voulu me piéger Mélo, mais tu ne l'as pas fait.

Mat se retourna et croisa les bras.

— Tu t'es ravisée, continua-t-il, tu m'as donné tes slogans avant que Parelli ne vienne. Tu as fait le choix de m'aider.

Il contourna son bureau et lui fit face.

— Il ne faut pas faire semblant pour réussir, dit Mat, il faut jouer un rôle. Je vais t'apprendre à le faire et ton premier exercice sera de préparer des cookies.

15

— Salut.

— Salut c'est Mat !

— Oui bon, pas de ça avec moi s'il te plait.

Mat n'aimait pas que son agent Chris l'appelle au petit matin. Il venait de terminer sa séance de sport en live avec ses followers et il voulait déguster son smoothie seul, dans le grand canapé blanc de son appartement, avant de se préparer pour aller travailler.

— Pardon, c'est l'habitude, ça va ? répondit Mat en s'attendant à des remontrances. Chris ne l'appelait jamais avant le début de sa journée, sauf s'il avait fait une connerie la veille.

— Ça va, dis-moi, c'est quoi cette histoire de cookies, c'est qui cette fille ?

Le jeune homme but une gorgée de smoothie, il connaissait la suite.

— C'est Mélo, mon assistante chez The Shop, pourquoi ?

— T'as couché avec ? Je te croyais homo.

— Non, on bosse ensemble, c'est tout.

— Bon, on s'en fout, faites ce que vous voulez, mais elle a intérêt à se faire discrète et toi aussi. Il faut que tu restes le célibataire inaccessible pour faire fantasmer tout le monde.

Mat soupira, à trente-six ans, il en avait marre de devoir rester seul. À quoi lui servait tout son argent s'il ne pouvait pas fonder une famille ?

— Ce que j'aimerais savoir Mat, c'est pourquoi t'as partagé sa photo de cookies sur ton compte Insta ?

— Elle a fait des cookies avec ma recette, on a passé un bon moment, c'était sympa. J'ai trouvé la photo qu'elle avait publiée plutôt réussie, alors voilà, je l'ai partagée. Ça montre à ma communauté que je sais aussi me détendre de temps en temps.

— Bordel Mat, tu n'écoutes jamais ! Je t'avais dit de laisser tomber ce délire de recettes de cuisine ! Tu crois qu'on cible les ménagères ? C'est qui ton sponsor principal, Bonne Maman ? Non, c'est Power, les boissons énergisantes sans sucre pour sportifs et là, je viens d'avoir le directeur marketing, il est furieux. Il ne te paie pas pour que tu postes des photos de cookies !

Mat se redressa dans son canapé.

— Il faut qu'il se calme, j'ai juste partagé une photo de cookies, je ne suis pas allé manger un burger dans un fast-food ou pris une pinte de bière. T'as qu'à lui dire que les sportifs apprécient aussi une pause, ça fait plus authentique que son soda dégueulasse.

Il but une nouvelle gorgée de son smoothie, c'était une des rares boissons autorisées par Chris qui ne soit pas de l'eau minérale.

— Non Mat, Power te paie cher pour être leur égérie, tu dois être irréprochable. Tu dois incarner un idéal, pas de sucre, du sport et du Power, c'est ça le deal. Tes cookies, tu te les manges chez toi en secret et tu t'arranges pour ne pas prendre un gramme, ok ? Et puis t'as pensé à la fille ? Comment elle va gérer cette exposition, t'as réfléchi un peu aux conséquences pour elle ?

— Non, soupira Mat.

C'était justement le but du partage, donner un coup de pouce à Mélo sur les réseaux.

— Il faut que tu réfléchisses plus avant d'agir Mat, ou alors, tu m'appelles si tu ne sais pas plutôt que de faire une connerie. Je ne veux plus d'écart, tu as compris ?

Il ne répondit pas, l'idée de jeter son téléphone dans son smoothie lui traversa l'esprit. Peut-être que le jus serait meilleur, Mat détestait cette boisson.

— Du coup, on offre à Power un nouveau shooting pour compenser. Ce sera samedi matin à la Défense, comme ça, on change un peu de d'habitude. Ça fera plaisir à The Shop, aux startupers et ça pourrait être utile pour exporter de ta marque. D'ailleurs, il faut que je prépare tes vacances. Ibiza m'a encore fait une belle proposition pour que tu y retournes, mais j'ai peur que les gens se lassent un peu. J'aimerais une destination un peu plus à la mode.

— Cet été j'irais bien à la montagne souffler un peu. Mélo m'a parlé d'un circuit de rando dans les Pyrénées avec des étapes dans des refuges, ça me plairait bien.

— N'importe quoi, non, il faut qu'on trouve autre chose. On a déjà fait Saint-Tropez deux fois et puis les gens ne se projettent pas là-bas, il faut quelque chose de moins luxueux. Peut-être Biarritz, t'as déjà fait du surf ? Non, on ne va pas prendre le risque que tu te ridiculises. Je vais plutôt appeler quelques contacts à Majorque, comme ça on pourra faire monter les enchères avec Ibiza.

Mat n'écoutait plus lorsqu'il entendit « bon, je te laisse, bosse bien » puis le son de la fin d'appel. Il termina son smoothie d'un trait et partit s'habiller, sans entrain. Comment pouvait-il se sortir de cette spirale infernale ? Il avait tout ce qu'on pouvait rêver de posséder et pourtant il n'avait jamais ressenti un si grand vide dans sa vie. Parfois, Mat voulait tout envoyer valser, tout arrêter et ne plus avoir à jouer ce personnage, créé pour lui. Il avait déjà gagné assez d'argent, même si le train de vie qu'on lui imposait lui coûtait très cher : interdiction d'aller dans un hôtel en dessous de 4 étoiles, toujours choisir la voiture de location la plus chère, manger dans des restaurants étoilés, voyager en première classe…

« Tu es une star Mat et les stars font des choses de stars ! Sinon ça ne fait pas rêver les gens et tu redeviendras un anonyme, un raté comme tout le monde, c'est ça que tu veux ? »

Chris avait raison, sans sa célébrité il serait à nouveau le pauvre type qui s'était fait virer du lycée hôtelier.

« Jamais vu un maladroit pareil ! t'es vraiment bon à rien Mathieu, tu ne seras jamais cuisinier, fais-toi une raison ! »

Les mots de son ancien chef résonnaient encore dans ses oreilles, pendant qu'il se rasait de près devant son miroir. Adolescent, il avait passé de longs mois à traîner seul à la maison, alors que ses parents travaillaient. Il avait finalement trouvé un petit boulot comme équipier dans un fast-food et préparait des burgers les midis et soirs.

Mat se souvint de ce jour qui changea sa vie. Un bus entier de supporters déchaînés débarqua dans l'établissement. Il était seul en cuisine et les visiteurs voulaient manger rapidement pour reprendre la route.

Il n'avait jamais travaillé aussi vite. Il prépara une cinquantaine de burgers en un rien de temps, encouragé par les chants des supporters. Lorsqu'il eut terminé toutes les commandes, ils l'avaient félicité à la manière des rugbymen, en le jetant plusieurs fois dans les airs, sous leurs acclamations. Des vidéos furent partagées sur les réseaux sociaux et il fit le buzz.

Mat avait connu la soirée la plus difficile et la meilleure de sa vie. Dès le lendemain, il reçut des clients de toute la région parisienne, venus goûter les burger du cuistot le plus rapide de France. On lui demandait des selfies, on l'imitait sur les réseaux, on l'appelait pour des interviews… Il était devenu une star.

Sa direction le nomma responsable et lui demanda de faire la tournée de toutes les enseignes du groupe pour aider les cuisiniers à gagner en vitesse. La marque n'hésita pas non plus à en faire son égérie pour ses campagnes de communication. Il participa à des émissions télévisées aux côtés des plus grands noms de la gastronomie française, lui, l'apprenti cuisinier raté. Mat goûtait à la belle vie, il était apprécié de tous et ses parents étaient fiers de lui.

On lui présenta Chris et son nouvel agent l'aida à faire fructifier sa notoriété. Il lui fit abandonner la cuisine pour se consacrer à la communication, il signa des partenariats lucratifs et remodela entièrement son image. Chris lui offrit les services d'un coach sportif, d'un styliste et en quelques mois le jeune adulte gringalet était devenu un irrésistible athlète en costume.

Il fut naturellement choisi pour incarner la nouvelle réforme du Gouvernement et Mat devint la figure de proue du projet du Ministre du Travail. Il obtint une évaluation de ses statistiques très positives, personnifiant à merveille le citoyen moyen qui réussit grâce à son travail.

Depuis, toutes les entreprises de France s'arrachaient les services de Mat. Il enchaînait les petites missions de consultant en communication et les publicités pour divers produits, soigneusement sélectionnées par Chris.

« La retraite arrive vite dans ce milieu, si ça se trouve dans deux ans, tu seras remplacé par un autre, lui avait dit Chris. Mon but, c'est que tu tires un max de profit de ta notoriété, tant que tu le peux. Et quand le moment d'arrêter arrivera, tu me remercieras parce que tu pourras vivre comme un roi pour le restant de tes jours. »

Mat boutonna sa chemise blanche et enfila sa veste. Il se sacrifiait depuis plus de dix ans pour obtenir ses privilèges, il ne fallait pas tout gâcher sur un coup de tête. Ses parents étaient fiers de lui, il subvenait à leurs besoins, il ne devait pas les décevoir.

Un jour, lui aussi goûterait au plaisir d'avoir sa petite famille.

16

Les premières heures, Mélodie sursautait à chaque notification reçue sur son téléphone. L'appareil vibrait sans cesse depuis que Mat avait partagé sa photo de cookie sur son compte Instagram. La jeune femme prit son courage à deux mains et lu enfin les messages, en tremblant.

Ils ont l'air trop bons bravo !
♡ 178 ⟲ 64   ♡ 546

C'est qui Mat ? ta copine ? elle est trop belle !
♡ 8154 ⟲ 87   ♡ 52471

Ho oui ! Moi aussi je veux faire des cookies avec vous !
♡ 24   ⟲ 15   ♡ 616

Tu vas partager d'autres recettes Mat ?
♡ 3231 ⟲ 134   ♡ 24766

Elle fit défiler les messages et si certains étaient moqueurs, la grande majorité des utilisateurs la félicitaient. Mélodie souffla de soulagement et faillit manquer sa station de métro. Elle regarda les statistiques de son profil Instagram en montant les escaliers, plus de deux mille followers s'étaient abonnés à son compte depuis sa publication. À la fin du weekend, le nombre de ses abonnés se stabilisa à dix mille. Il y eut un dernier sursaut de notifications lorsque Mat présenta Mélodie comme sa collègue de travail dans un commentaire, puis plus rien. Le mini buzz avait fait son temps et le dimanche après-midi, l'attention des utilisateurs se tourna vers le dernier article de blog de Mat'Stat. Mélodie observa, impuissante, le nombre de ses abonnés diminuer. Elle le surveillait toute la journée sans pouvoir s'en empêcher, comme si elle avait investi en Bourse.

— Alors Mélo ? On est devenu accro ?

Samir ne pouvait se retenir de se moquer de sa compagne. Elle qui se plaignait des gens scotchés sur leurs téléphones, de l'inutilité des buzz et des nuisances des réseaux sociaux, était devenue addict. Mélodie adorait jouer au mouton noir dans le métro en lisant un livre, au milieu de toutes les têtes baissées occupées à faire défiler les publicités sur leurs appareils.

— C'est différent Sam, c'est juste pour voir, ça ne veut rien dire.

La jeune femme hésita puis se décida à réitérer son expérience sociale sur Linkedin. La sociologue en herbe posta sa photo de cookies et rédigea un message dans le style de ceux qui l'exaspèrent le plus.

MELODIE Padawan de Mat'Stat à The Shop

Hier, j'ai apporté des cookies à mon manager.

Ce n'étaient pas n'importe quels cookies et ce n'était pas pour n'importe quel manager, c'était pour Mat'Stat et c'était sa recette.

Beaucoup se demandent si c'est difficile de travailler avec Mat, la réponse est : pas du tout ! Il fait preuve d'une incroyable bienveillance avec tous ceux qu'il croise et c'est ainsi qu'il arrive à tirer le meilleur de chacun.
J'ai tellement appris à ses côtés, il m'a donné confiance, m'a laissé faire mes propres erreurs et m'a montré comment m'améliorer sans jamais me regarder de haut.

Aujourd'hui je suis une bien meilleure professionnelle qu'avant et ce n'est que le début.

Je m'appelle Mélodie et je suis fière de marcher dans les pas de mon mentor Mat, le roi des stats et des cookies !

 Mat'Stat et 141 autres personnes   77 commentaires

Elle publia le message presque sans le relire et posa son téléphone loin d'elle. La boule au ventre lui revint. Elle craignait les premiers commentaires, allait-on l'insulter ou l'accuser de se servir de Mat'Stat pour se promouvoir ? C'était très probable, mais Mat lui avait conseillé de publier sur Linkedin d'abord, le réseau le plus ouvert, selon lui. Mélodie enfila son jogging, s'assit sur le tapis de gym de Samir et lança le replay de la dernière séance de sport de son manager.

L'été approchait et avec lui, le marché des salariés libres. La plupart des contrats étaient renouvelés à cette période afin que les entreprises puissent libérer des employés et avoir la souplesse financière d'en recruter d'autres. Mat'Stat avait fait de ce mercato son terrain de chasse. Beaucoup de sociétés tentaient de le recruter et la star faisait monter les enchères pendant plusieurs semaines. Son départ de The Shop coïncidait avec la fin de contrat de Mélodie, elle devait non seulement convaincre Parelli d'activer son option pour rester une année de plus, mais aussi éviter d'être renvoyée au service client où Magalie l'attendait. La jeune femme avait un objectif précis, négocier dès cette année, son nouveau contrat pour reprendre le poste de Mat.

À la fin de sa séance, elle passa cinq bonnes minutes à essayer de faire tenir son téléphone debout sur la table, en empilant des livres pour faire un selfie avec son smoothie.

« Publie tous les dimanches, lui avait conseillé Mat. Tu peux sauter un jour, mais jamais le dimanche, c'est à ce moment que tout le monde se connecte et que tu maximises la portée de tes posts. Il faut toujours être actif, pas de jour de repos pour les winners ! »

Mélodie posa pour la photo, bu une gorgée de smoothie et courut le recracher dans l'évier. Elle programma sa publication pour l'après-midi. Son premier message sur Linkedin comptabilisait déjà plus de cinq cents likes et le nombre de ses abonnés montait en flèche.

Quelle chance tu as de bosser avec Mat !
💬 6   🔁 2   ♡ 61

C'est la marque des grands managers, ils rendent les autres meilleurs, je l'ai toujours dit !
💬 9   🔁 5   ♡ 47

Félicitations pour vos cookies Mélodie ! J'espère avoir la chance de travailler avec vous !
💬 5   🔁 3   ♡ 52

On ne peut pas rêver meilleur mentor, bravo Mélodie !
💬 17   🔁 23   ♡ 108

Elle fut surprise par la satisfaction qu'elle éprouvait à la lecture de tous ces commentaires d'inconnus. Mélodie n'était pas dupe, les gens répondaient par quête de visibilité. C'était d'ailleurs le but premier de sa publication, mais elle se sentait boostée par cette reconnaissance. Lorsqu'elle posta la photo de sa séance de sport, elle reçut une nouvelle dose de likes et de commentaires. Mélodie se sentait bien. Mieux qu'après avoir fait de l'activité physique et pensait déjà à sa prochaine publication.

— Une fois que tu as l'attention des utilisateurs, lui avait dit Mat, le plus difficile, c'est de la conserver. Tu dois continuellement alimenter leurs fils d'actualité avec des messages positifs et interagir avec eux.

— Et ça va aussi augmenter mes stats ?

— Non, mais l'image est aussi importante que les stats.

Les dernières semaines passées ensemble, Mat lui avait donné de précieux conseils.

« Tu dois t'occuper des statistiques basiques tous les jours, c'est-à-dire l'assiduité, les heures de connexion, la réactivité et la vitesse d'exécution. »

La star lui avait expliqué l'astuce de programmer des alarmes pour qu'elle se connecte à son poste vingt minutes avant neuf heures. Elle bénéficierait ainsi d'une marge en cas de retard. Elle devait aussi répondre à chaque email dans la minute, ne serait-ce que pour accuser réception, même si elle traitait la demande plus tard. Pour la vitesse, la statistique la plus difficile à améliorer, Mat lui avait conseillé de diviser ses tâches en plusieurs plus petites et d'exécuter les faciles en premier. Ainsi, elle cumulerait un nombre conséquent de missions réalisées en un minimum de temps et pourrait en allouer davantage aux travaux complexes.

« La clé, c'est l'efficience, disait Mat. Adapte la qualité en fonction du travail demandé, tu dois toujours faire le minimum pour atteindre ton objectif. »

Grâce à l'aide de son manager, les posts de Mélodie étaient de plus en plus visibles sur les réseaux sociaux et ses statistiques, en hausse. La jeune femme prenait souvent en main certaines missions, comme la création de nouvelles campagnes ou la stratégie de contenu du site Web. Mat lui laissait faire l'essentiel du travail, comme avant, mais s'arrangeait désormais pour que le mérite revienne à son assistante.

Au terme de la mission de la star, Mélodie se sentait prête à reprendre son poste. Elle avait réussi à obtenir de solides statistiques générales et à gagner de précieux points dans celles que Mat qualifiait de décisives.

« Tu dois être clutch, autrement dit, tes actions doivent avoir un impact direct sur les performances de l'entreprise. Si tu arrives à être décisive, tu obtiendras tout ce que tu veux. »

Les campagnes créées par Mélodie furent un succès. Elle parvint à obtenir un joli 77% en rédaction commerciale, 68% en stratégie digitale et un impact sur le chiffre d'affaires de The Shop estimé à 6% au cours du dernier mois précédant la fin de son contrat. Son NEP avait grimpé de dix points, passant de 18 à 28%, pour le plus grand bonheur de la jeune femme.

Lors de leur dernière journée de travail, elle offrit un nouveau ballon de basket miniature à son manager, en guise de de souvenir.

— Tu as réussi Mélo ! Je vais dire à Parelli qu'il serait fou de te renvoyer au service client avec de telles stats.

— Merci Mat pour ton aide, je t'avais très mal jugé, t'es vraiment quelqu'un de bien. En fait, j'ai pas du tout envie que tu partes.

Mélodie essuya une larme, Mat la prit dans ses bras.

— Il le faut, Mélo. J'ai adoré bosser avec toi, maintenant, c'est à ton tour de briller. Je ne vais pas rester longtemps au pot de départ, venez dîner chez moi juste après.

Elle acquiesça. Mat quitta le bureau pour la soirée en son honneur organisée par The Shop. Mélodie resta un moment dans la petite pièce, elle ne participerait pas à la fête, elle devait rentrer chez elle se préparer. La jeune femme avait rendez-vous le lendemain à la première heure avec Parelli pour son entretien de fin de contrat. Mélodie attendait ce moment depuis son arrivée. Elle avait fait ses preuves, il était temps d'obtenir ce qu'elle méritait.

Demain serait son jour, ce soir, elle souhaitait juste passer un bon moment avec son ami Mat.

17

Mélodie réussit à garder la surprise jusqu'au bout et n'avait pas vu Samir aussi fou de joie depuis son accident. Elle le conduisit à l'intérieur d'une grande résidence de luxe, d'abord par une porte dérobée, puis dans un ascenseur pour atteindre le sommet de l'édifice. Ils entrèrent dans le seul appartement du dernier étage et découvrirent une immense terrasse donnant sur Paris, avec une piscine et un petit jardin, mais Samir fut surtout ébloui par le maître des lieux.

— Salut c'est Mat ! Heureux de te rencontrer Samir, Mélo m'a beaucoup parlé de toi.

La star lui serra vigoureusement la main et Samir eut toutes les peines du monde à lui parler sans bafouiller. Mat lui tapota le bras pour le détendre.

— Comment te sens-tu Samir ? Ton accident et toutes ses conséquences, il y a de quoi briser un homme, mais tu gardes la tête haute. Sache que j'admire ton courage. Mélo m'a dit que tu adorais Kobe Bryant, c'est une de mes plus grandes inspirations. Elle m'a aussi dit que tu ne voulais pas d'aide, mais même Kobe avait besoin de ses coéquipiers pour gagner.

Si tu le souhaites, je peux passer quelques coups de fils et te trouver un job.

— C'est gentil Mat, mais pour le moment, j'ai encore besoin de poursuivre ma rééducation.

Mat lui tapota l'épaule. Samir lutta contre la douleur, une accolade de Mat'Stat valait bien la peine de souffrir.

— Je comprends et c'est tout à ton honneur, mais n'hésite pas à m'appeler si tu veux un coup de pouce.

Quelques semaines plus tôt, Mélodie aurait trouvé cette scène complètement fausse et surjouée. À force d'incarner un personnage à longueur de journées, Mat devait avoir du mal à ôter son costume, même chez lui. Désormais, elle savait la star sincère. Si Samir le lui demandait, il ferait tout pour lui venir en aide.

Mat était heureux. C'était la première fois qu'il recevait des amis à son domicile. D'habitude, il se contentait d'observer de loin les terrasses des résidences voisines. Diners entre amis, rendez-vous galant, disputes, il aimait regarder ces scènes de la vie quotidienne, en attendant de les vivre lui-même un jour.

Cette soirée devait donc être parfaite, il avait donc préparé un véritable festin à ses invités. Mat avait cuisiné l'ensemble du repas lui-même et ses invités se régalèrent. Le champagne accompagnait les rires sous la tonnelle illuminée, jusqu'à ce que ses convives furent contraints de partir pour libérer la babysitter à l'heure convenue. Les amis se quittèrent après de grandes accolades et la promesse de se revoir sous peu.

Sur le chemin du retour, Samir était aux anges. Il avait le numéro de téléphone personnel de Mat'Stat. Mélodie savourait le bonheur de son compagnon et reconnut avoir eu tort concernant son ancien manager. Elle était plus tolérante et moins exaspérée par les publications sur les réseaux sociaux. Comme le disait Mat, le monde du travail n'est qu'un jeu de rôle. Mélodie avait accepté les règles, à défaut de pouvoir les réécrire.

Le jeu est imposé, on ne peut pas en sortir, alors il vaut mieux gagner que de refuser de jouer et perdre à tous les coups.

Mat était la preuve qu'on pouvait réussir tout en restant soi-même. Assise dans le métro, Mélodie regardait tendrement Samir qui visionnait les selfies pris avec son nouvel ami.

Un jour, c'est nous qui vivrons dans le plus bel appartement de Paris.

*

De nouveau seul chez lui, Mat était comblé. Il avait passé, sans aucun doute, la meilleure soirée de sa vie. Il eut beau participer à d'innombrables nuits dans des lieux extraordinaires, aux quatre coins du monde, avec les plus grandes célébrités, rien n'égalait ce moment passé en compagnie de Mélodie et Samir. Pour la première fois, il s'était senti à sa place, avec des personnes qui l'appréciaient pour ce qu'il était vraiment.

Mat regardait l'horizon, appuyé sur la barrière de sa terrasse. Le lointain bruit de la circulation avait remplacé ceux des rires et des verres qui s'entrechoquent. Un demi silence, rompu par la sonnerie de son téléphone.

C'est sûrement Chris, il doit déjà être au courant pour ce soir.

Son agent lui interdisait de recevoir du monde chez lui. Mat avait laissé la porte de secours ouverte pour Mélodie et Samir, afin d'éviter les paparazzi et tromper la vigilance des agents de sécurité.

« Si tu veux des femmes, des hommes, les deux, tu me le demandes, lui avait dit Chris, mais personne ne doit venir chez toi, jamais. Les gens sont fourbes, surtout ceux qui prétendent être tes amis et je ne te parle même pas de la famille ! Ils feront n'importe quoi pour te nuire, pour leur propre intérêt ou juste par jalousie. »

Mat ne supportait plus l'emprise de l'agent sur sa vie. Il avait voulu se rebeller plusieurs fois, sans succès. Chris arrivait toujours à le convaincre ou le contraindre d'exécuter ses directives.

« Tu veux rompre ton contrat ? Tu veux arrêter, c'est ça ? Mais tu n'es rien sans moi Mat ! Tu ne sais même pas articuler deux mots si je ne te les écris pas avant ! T'es un bon à rien et j'ai fait de toi une star. Si tu veux retourner à tes burgers et décevoir encore tes parents, vas-y ! Ou alors, tu prends sur toi comme un grand garçon, tu fais ce que je te dis et tu vivras comme un roi pour le restant de tes jours. »

Un roi dans un château de solitude.

« Merci pour cette soirée, c'était génial ! Samir. »

Mat sourit en lisant le SMS. Il avait envie de croire en cette amitié naissante avec Mélodie et son compagnon. Il posa ses avant-bras sur la barrière du 15e étage.

Je donnerai tout pour avoir leur liberté.

18

— Hé bien, nous y voilà, bientôt un an que vous êtes parmi nous Léonie. Vous avez passé une bonne soirée hier ? C'était quelque chose, n'est-ce pas ?

Mélodie acquiesça poliment. Son patron avait du mal à réprimer d'interminables bâillements. Il avait célébré toute la nuit les résultats exceptionnels des ventes de The Shop avec les actionnaires, ravis. Éric Parelli n'avait pas lésiné sur les moyens pour épater ses associés et montrer à quel point l'entreprise était en bonne santé. Il avait réussi à gagner du temps et à améliorer ses statistiques personnelles de dirigeant, mais le PDG savait que ce succès était éphémère. La mission de Mat'Stat avait coûté cher à l'entreprise, sans compter le budget alloué à sa soirée de départ. Parelli allait devoir limiter les dépenses et espérer que ses clients lui restent fidèles, une fois les visuels de Mat'Stat retirés des supports de vente.

Il avait d'ailleurs hâte de ne plus voir la tête de la star dans ses locaux. Mat avait été le héros des derniers mois, jusqu'à la veille, où il vola encore la vedette du PDG lors de son discours. The Shop n'appartenait qu'à un seul homme et il était temps qu'Éric Parelli occupe, à nouveau, le devant de la scène. Il but une gorgée de café, Mélodie patientait face à lui. Il n'avait aucune envie de lui parler, mais la jeune femme avait insisté pour avoir cette entrevue.

Faisons ça rapidement, qu'elle retourne bosser et que je puisse prendre une aspirine.

— Je ne vais pas faire durer le suspens, Marjorie, nous avons tous deux mieux à faire. Vous avez accompli votre mission, vous avez aidé Mat à atteindre ses objectifs, il m'a dit beaucoup de bien de vous, alors j'active votre option. Félicitations, vous restez chez The Shop une année de plus.

Parelli lui tendit l'avenant signé, Mélodie le remercia et resta assise.

— Il y a autre chose ?

La jeune femme rapprocha sa chaise et joignit ses mains devant elle.

— Oui, j'aimerais poursuivre le travail de Mat.

Le patron bu une nouvelle gorgée de café, sans détourner le regard, la jeune femme prit les devants.

— Mat m'a formée, j'ai gagné dix points de NEP en un an et mes statistiques sont toujours en hausse. À moi seule, je contribue à 6% du CA de The Shop. Je serais beaucoup plus utile et rentable en reprenant le poste de Mat qu'en tant que conseillère clientèle.

— Vous voulez prendre la place de Mat'Stat ?

Mélodie s'adossa à sa chaise et croisa les jambes.

— Je voudrais une prolongation de contrat dès maintenant, à un salaire à la hauteur de mes compétences, en tant que directrice de la communication de The Shop.

Parelli faillit cracher son café sur le bureau.

— Ah ! Vous êtes audacieuse, j'aime ça !

J'ai horreur des petites effrontées qui viennent réclamer de l'argent.

Le patron posa sa tasse et ses deux mains sur le bureau, le temps de réprimer un nouveau bâillement.

— Vous pensez donc qu'en six mois comme assistante, vous avez réussi à être aussi douée que Mat'Stat ?

— Non, et je ne demande pas la même rémunération que lui, mais mes statistiques sont aussi bonnes que d'autres professionnels qui occupent ce poste sur Paris. Je suis ouverte à un contrat à rémunération échelonnée et à la possibilité d'avoir des bonus, si je dépasse mes objectifs. J'ai assisté Mat dans toutes ses missions, je suis capable de prendre le relais, Mat vous l'a dit lui-même, alors que je suis une mauvaise conseillère.

Parelli n'avait pas besoin de regarder ses statistiques, ni les comptes de l'entreprise pour prendre sa décision. Magalie le harcelait depuis l'arrivée de Mat'Stat pour qu'il recrute davantage de conseillères clientèles. Son service était sous tension et restait la clé de voûte de l'entreprise.

Avec le nombre de ventes en forte hausse ces derniers mois, l'insatisfaction des clients s'était, elle aussi, accrue. Parelli craignait de perdre son avantage concurrentiel. L'essentiel de sa communication et de sa promesse de vente étaient basées sur la qualité de son service client.

— Amélie, j'apprécie votre motivation et je pense que la meilleure façon que vous aurez de nous aider sera d'utiliser vos nouvelles compétences au sein du service client. Je vous félicite pour votre NEP, mais il est encore loin d'être à la hauteur pour le poste que vous convoitez. Si vous continuez d'améliorer vos statistiques, nous parlerons de votre éventuelle prolongation à la fin de votre contrat. Ce ne devrait pas être trop difficile pour vous puisque vous avez été l'élève de Mat'Stat.

Il se leva de son fauteuil, signe que la discussion était close. Mélodie prit l'avenant d'un coup sec et quitta le bureau sans dire un mot. Parelli était satisfait, il avait repris le contrôle de son entreprise. C'était lui le boss, pas Mat'Stat, ni personne d'autre. Magalie pourrait se défouler sur son ancienne conseillère clientèle et arrêterait de le harceler.

Éric finit son café, la journée commençait bien.

*

La journée commençait mal pour Mélodie. Elle s'assit quelques minutes dans l'escalier et ferma les yeux. Lorsque la lumière automatique s'éteignit, elle laissa échapper ses premiers sanglots. Pourquoi le sort s'acharnait-il contre elle ? Que pouvait-elle faire de plus, si même l'aide de Mat'Stat ne suffisait pas ?

Tout ce travail accompli pour retourner à la case de départ et se retrouver sous les ordres de Magalie. Mélodie aurait préféré être libérée de son contrat, au moins, elle aurait pu trouver un autre emploi grâce à ses nouvelles statistiques. Désormais, elle n'avait pas le choix. Il lui fallait rester encore une année et réussir à maintenir ses performances, sous la tutelle d'une responsable qui la détestait.

— Bah alors ? T'es pas contente de nous retrouver ? Allez file, t'as déjà trente minutes de retard, lui lança Magalie depuis le couloir.

Je n'arriverai jamais à tenir un an avec cette conne.

Mélodie se leva, essuya ses yeux et réajusta sa veste. Elle traversa le service client sous les regards moqueurs des conseillères clientèles. Elle n'avait jamais vu les trois quarts des jeunes femmes, mais toutes la connaissaient et semblaient la haïr. Mélodie n'osait pas imaginer tous les ragots colportés à son sujet dans le service.

Seule Ghislaine l'accueillit avec un sourire sincère. Elle n'avait pas bougé. Mélodie se demanda même si elle n'était pas habillée de la même manière le jour de son départ pour l'étage de la direction. Elles se saluèrent sans un mot et Mélodie se réinstalla en face d'elle.

Des dizaines de messages de clients apparurent sur son ordinateur et le chronomètre tournait déjà. La jeune femme eut bien du mal à traiter la première demande.

— On dirait que Mat'Stat ne t'as pas appris à être plus rapide, cria Magalie du milieu de la pièce, il est sûrement parti parce qu'il en avait marre d'avoir une gourde comme assistante.

Mélodie songea un instant à ce qu'il se passerait si elle envoyait paître sa responsable. Parelli la licencierait-il ? Serait-elle transférée ? Partout serait mieux qu'ici, mais un départ était peu probable. Il laisserait Magalie la harceler jusqu'à ce qu'elle démissionne.

Elle garda son calme et ne répondit rien. Elle n'entrerait pas dans le jeu de sa manager, mais au fond d'elle, Mélodie n'était plus que l'ombre d'elle-même.

Elle avait travaillé si dur ces dernières semaines, elle était si proche de réussir et une nouvelle fois, elle avait échoué.

19

— Allo ?

— Alors Mélodie, ça te plait de bosser au service client ?

Elle faillit raccrocher, mais ce numéro inconnu l'appelait plusieurs fois par jour depuis près d'une semaine. Au bout du fil, une voix masculine qu'elle ne reconnaissait pas, probablement un complice d'une de ses collègues conseillères clientèle, désireuse de lui faire un canular.

— Je vais porter plainte pour harcèlement.

— Parelli a fait l'erreur de sa vie en te renvoyant là-bas, poursuivit la voix, si tu m'accordes quelques minutes, je peux te dire comment lui faire regretter cette décision pour le restant de ses jours.

Mélodie ne répondit pas, elle était sur le point de mettre fin à l'appel, mais son pouce se figea au-dessus de son téléphone. Qui était-ce ? Un de ses followers qui avait eu vent de sa situation, bien qu'elle ait arrêté de poster ses aventures sur les réseaux sociaux ? Jusqu'où était prêt à aller cet homme insistant ? Elle regarda autour d'elle dans la rue, devant les locaux de The Shop, l'observait-il ? Devait-elle prévenir la police ?

— Bien Mélodie, il semblerait que j'ai ton attention. Je m'appelle Chris, fondateur de l'agence Super Jobers et agent de notre ami commun Mat'Stat. Je représente les professionnels comme toi et je les aide à gérer leurs carrières. Je te suis depuis quelque temps déjà et je dois dire que tu as du potentiel, beaucoup de potentiel. Si ça t'intéresse, je peux te sortir du merdier dans lequel tu t'es fourrée et t'obtenir le contrat que tu mérites. Je t'envoie l'adresse d'un café pas loin de The Shop, on s'y retrouve à 18 h 30 si tu veux changer de vie.

Chris raccrocha. Mélodie resta sans bouger jusqu'à ce que les cris de Magalie à l'étage, la sortirent de sa torpeur. Elle termina sa pause et regagna son poste.

Et si ce n'était pas une blague ? Non, c'est forcément un piège.

Entre deux demandes de clients, elle envoya un SMS à Samir.

« Je ne sais pas Mélo, les agents c'est pour les stars, demande à Mat. »

« Il est en vacances, je n'arrive pas à le joindre. »

« Vas-y alors, qu'est-ce que t'as à perdre ? »

À la fin de sa journée, Mélodie se rendit à l'adresse envoyée par Chris, un vieux café parisien. L'agent ne fut pas difficile à reconnaitre, c'était un petit homme vêtu d'un costume italien blanc, lunettes de soleil sur le nez, assis seul sur une banquette au fond de la salle, face à l'entrée. Chris lui fit signe de le rejoindre et appela le serveur.

— Une limonade pour madame, c'est bien ce que tu prends d'habitude ?

Mélodie acquiesça, peu impressionnée.

— Vous êtes donc l'agent de Mat. Il ne m'a jamais parlé de vous.

— Et pourtant ça n'a pas l'air de te surprendre que Mat ait un agent qui gère sa carrière, n'est-ce pas ?

C'est sûrement lui qui rédige ses beaux discours.

— Mat est un bon gars, mais c'est pas le pingouin qui glisse le plus loin, continua Chris. Je suis son agent depuis toujours. J'ai trouvé son surnom Mat'Stat et j'ai créé sa marque. Je le conseille, je négocie ses contrats professionnels et publicitaires, en un mot, je lui ai fait gagner tout son blé. Tiens, c'est même moi qui lui ai trouvé son appart, il est pas mal hein ?

— Je ne l'ai pas visité, mais la terrasse et la vue sont magnifiques.

Chris s'adossa à la banquette.

— Tu t'es bien démerdée Mélodie. Je me fiche de savoir si ton amitié avec Mat est sincère, tu as obtenu ce que tu voulais, mais ça n'a pas suffi à convaincre cet abruti de Parelli. Pourtant t'as bien bossé, Mat t'a aidé à choper quelques stats sympas et t'as vite compris qu'il te faudrait voler de tes propres ailes en créant ta petite communauté sur les réseaux.

— Je lui dois beaucoup et même si tu t'en fiches, notre amitié est réelle.

L'agent haussa les épaules.

— Ok, je vais te parler franchement Mélodie. J'ai vu plein de gens essayer d'imiter Mat, mais rares sont ceux qui ont le potentiel de faire mieux que lui et je crois que toi t'en es capable.

— Ah, donc tu me vois glisser plus loin que lui et devenir la meilleure conseillère clientèle de France ?

Chris se pencha vers elle.

— On sait tous les deux que t'as déjà été la meilleure de France dans un domaine.

Mélodie ravala son sourire narquois. L'agent enleva ses lunettes de soleil et attendit que le serveur ait terminé son service pour poursuivre.

— T'es plus ambitieuse que Mat et beaucoup plus maligne. T'as mis le temps, mais t'as compris comment ça fonctionne si tu veux réussir. Tu viens de découvrir que, malgré tes efforts et l'aide de Mat, tu n'y arriveras pas toute seule. Parelli et ta boss vont te mettre des bâtons dans les roues et tu ne gagneras jamais contre eux.

— Et c'est là que tu interviens, j'imagine.

Arrête de tourner autour du pot et dis-moi ce que tu veux.

Chris joignit ses mains sur la table.

— Tu me prends comme agent et je bosse pour toi. Ne t'inquiète pas, je sais que t'as pas un rond, tu ne me paieras pas directement. Je prends 15% sur tous les contrats que je te trouve. Quoi qu'il arrive, tu es gagnante, si tu ne signes rien, tu ne me dois rien. Par contre, j'attends de ta part une transparence et une confiance totale. Tu me laisses faire et tu écoutes ce que je te dis. C'est moi qui gère ton planning, tes réseaux sociaux, tu dois me tenir au courant de tout ce qui se passe dans ta vie pro, perso et tu ne dois jamais rien négocier sans moi.

— Ça m'a l'air plutôt intrusif comme fonctionnement, je préfère être indépendante, tant pis si je galère.

Chris se pencha plus près d'elle.

— Tu peux rester au service client et te battre pour que Parelli te prolonge comme conseillère clientèle à la fin de l'année, si t'as pas fait un burn out avant. Ou on bosse ensemble, on forme une équipe et je fais de toi la nouvelle Mat'Stat. Par contre, je ne pourrais rien faire si tu mènes tes propres actions de ton côté ou que tu me caches des choses. Pense à ta famille et fais le bon choix.

Mélodie but lentement son verre de limonade, Chris la connaissait déjà beaucoup trop à son goût. Il savait surtout qu'elle n'avait pas d'alternative.

— Je veux avoir mon mot à dire sur tout et si ça ne me plait pas, on arrête.

L'agent sourit, convaincu qu'elle s'adoucirait une fois les premiers virements versés sur son compte.

— Deal.

20

 **MELODIE** On the road to success !

Perso, je ne bois pas, je ne fume pas et je ne vais jamais en boite.
Je me lève et je me couche tôt, tous les jours, même les soirs de fête.
Je ne déroge jamais à ces règles et je refuse souvent des soirées entre amis.

Quand on me pose la question : mais Mélodie pourquoi tu t'infliges ça ?

Je réponds : « pour la performance au travail. Je traite mon corps comme un sportif de haut niveau le ferait dans sa discipline. »

Et vous ? Quelles sont vos règles ?

 Chris et 841 autres personnes   327 commentaires

Mélodie prenait son petit déjeuner et découvrit un premier post sur son compte Linkedin. Chris n'avait pas perdu de temps. À peine lui avait-elle donné accès à ses réseaux sociaux que son community manager avait déjà rédigé et programmé plusieurs publications.

On sonna à la porte de l'appartement. Chris l'avait prévenu qu'elle aurait une journée chargée ce samedi, mais elle ne s'attendait pas à recevoir de la visite dès sept heures du matin.

— Hellooooooooooooooooooooo !

Elle referma la porte sans réfléchir sur un grand homme en débardeur et jogging.

— Come on Mélo ! Ouvre-moi !

Elle rouvrit la porte.

— Qu'est-ce que vous me voulez ? Vous avez vu l'heure ?

— Ok, I see, Chris ne t'as pas dit, my bad. Je suis Vince, mais tu peux m'appeler coach ! Ma mission, c'est de faire de toi une athlète, alors on va commencer par aller à la salle en courant et ensuite tu…

— Attendez, là tout de suite ? Je n'ai même pas fini mon petit déjeuner.

— Alors j'arrive just in time ! Fais-moi voir ce que tu manges.

Vince entra en bousculant presque Mélodie et s'arrêta devant la table de la salle à manger.

— Tu manges encore des céréales à ton âge Mélo, come on !

Le coach enleva son sac à dos et sortit plusieurs boîtes en plastique.

— Ok Mélo, listen, ça ce sont tes repas de la semaine, cuisinés avec amour par Rosa, notre chef. Je lui ai dit de te mettre un max de fibres pour bien récupérer après nos premières séances. Tu n'as que des repas équilibrés, avec les apports journaliers nécessaires pour être super performante. Pas de grignotage, si tu as faim, il y a des barres protéinées, tiens prends en une pour ce matin. La prochaine fois, je te ramène un vrai breakfast.

Mélodie attrapa la barre au vol et regarda Vince ranger les boites dans son réfrigérateur. Elles étaient toutes étiquetées avec un jour de la semaine.

— Tu vas m'apporter mes repas toutes les semaines ?

— Yes, every week, pour le moment, je ne sais pas trop combien de séances on va faire. On va voir comment tu récupères. On va se voir tous les deux ou trois jours pour commencer, I think. D'ailleurs tu as des allergies ou des intolérances à transmettre à Rosa ? Si t'as des envies particulières, je peux lui dire aussi, mais ne compte pas sur elle pour te préparer une tartiflette. No way, c'est 100% healthy with her.

Vince remit son sac sur le dos et se retourna vers Mélodie.

— What are you waiting for ? Tu vas t'habiller ? On est déjà en retard là, let's go !

Mélodie se surprit à courir dans sa chambre pour enfiler une tenue sportive et ses baskets.

Heureusement que Sam est chez ses parents avec Elias ce weekend.

— Next time Mélo, je viens à six heures pétantes et tu devras être ready, cria Vince depuis la cuisine, même le weekend ! No time to rest for the champ's !

Il me fatigue déjà.

Vince sautillait dans l'entrée de l'appartement comme un chien heureux de partir en promenade.

— Here she is ! Allez on y va championne !

Il dévala les escaliers quatre à quatre pendant que Mélodie fermait la porte à clé.

J'espère qu'il court en silence.

Vince ne s'arrêtait jamais de parler, même en courant. Ils terminèrent leur séance de sport par des étirements, en bas de chez Mélodie. La jeune femme était exténuée, mais ravie, elle n'avait jamais fait une aussi bonne session d'activité physique. Elle monta prendre une douche et reçut l'appel de Chris, qui l'attendait dans la rue. L'agent l'emmena chez un grand coiffeur parisien, puis chez un styliste. Vint ensuite le shooting. Mélodie se prêta au jeu du défilé en tailleur pour les clichés destinés à ses photos de profils. Elle dut ensuite prendre des poses devant un ordinateur, un paperboard et diverses situations professionnelles, avant de passer aux photos plus décontractées et sportives en vue de constituer une banque d'images pour ses réseaux sociaux et la presse. Chris l'envoya enfin chez Gauthier, son spécialiste de la communication.

— Tu verras, il est un peu excentrique, mais c'est le meilleur, fais-lui confiance, lui dit son agent.

Elle le rencontra dans la salle de réunion d'un hôtel, louée pour l'occasion.

— Bonjour, vous êtes Gauthier ? Moi c'est Mélo !

Le petit homme en costume et aux cheveux bouclés était assis sur une table. Lorsqu'il vit Mélodie, il lui fit un grand sourire.

— Mon Dieu, ça ne va pas du tout, recommence, dit-il calmement sans s'arrêter de sourire.

— Quoi ? Qu'est-ce qui ne va pas ? je viens juste d'arriver, lui répondit Mélodie encore sur le pas de la porte.

— Ho, je sens qu'on va y passer la journée. Tu viens de ruiner ton entrée et il n'y a rien de plus important que l'entrée, alors sors et refais-moi ça s'il te plaît, allez !

Mélodie hésita et accepta de tenter une nouvelle introduction. Elle quitta la pièce quelques secondes, puis réapparut dans l'ouverture de la porte.

— Bonjour, je suis…

— NON, recommence et ferme la porte.

L'exaspération commença à gagner la jeune femme, mais elle s'exécuta. Elle frappa à la porte et l'ouvrit avec un grand sourire.

— Non, non et non. Range-moi ce sourire de bécasse et entre comme une personne normale, fais un effort.

Mélodie referma la porte en la claquant.

Il commence à me gonfler lui aussi.

Elle regarda le couloir, l'idée de partir et de le laisser en plan lui plût quelques instants. Elle rouvrit la porte et le fixa. Gauthier l'observait. Elle s'arrêta devant lui, main tendue.

— Bonjour, Mélodie.

Il sauta de la table, réajusta sa veste de costume et lui serra la main.

— Beaucoup mieux, bonjour Mélodie, Gauthier.

Il l'invita à s'asseoir sur une chaise, puis poursuivit son discours en faisant quelques pas de côté à la manière d'un danseur de ballet.

— On a encore beaucoup de travail. Chris t'a donné un nouveau look pour attirer les regards, je vais t'apprendre à les retenir sur toi, à captiver ton auditoire sans même ouvrir la bouche et à les séduire dès le premier mot, à commencer par bonjour. Je vais t'enseigner comment occuper l'espace pour que ta présence se remarque et que ton absence devienne insupportable.

Ils travaillèrent la démarche, la posture et le langage corporel de la jeune femme toute la journée. Mélodie réapprit à saluer, à remercier, à rire pour transmettre la meilleure image possible à ses interlocuteurs.

— Tu dois faire preuve d'assurance, lui dit Gauthier, toujours avec la gestuelle d'un danseur, savoir flirter avec ton auditoire tout en maintenant une certaine distance. Tu es à la fois proche et inaccessible, amicale et froide, c'est ainsi que tu susciteras l'intérêt et que tu marqueras les esprits. Voyons un peu comment tu t'exprimes.

Gauthier déchira une feuille de son paperboard, tel un torero maniant sa cape.

— Je veux que tu improvises un argumentaire sur le sujet suivant : « Pourquoi Mélodie doit être la nouvelle égérie de The Shop ? » Ainsi, on travaille aussi ton pitch personnel.

Mélodie se tint face à lui, inspira et se lança dans une longue tirade. Elle exposa son expérience, ses statistiques et ses qualités personnelles avec méthode et éloquence. Gauthier écoutait avec la plus grande attention et observait le moindre de ses gestes, le rythme de sa respiration, les pauses dans ses phrases et l'enchaînement des arguments. Elle ponctua après quinze minutes de monologue et attendit le verdict de l'exigeant spécialiste. Gauthier se leva et l'applaudit.

— Ce n'est pas la première fois que tu fais cet exercice, n'est-ce pas ?

— Je me suis un peu entraînée à défendre des idées dans le passé.

— Alors ne change rien, tu es prête Mélodie. N'oublie jamais de garder une haute estime de toi en toute circonstance, personne ne le fera à ta place.

La jeune femme rentra chez elle épuisée par ce long samedi. Elle se regarda longuement dans le miroir. Mélodie avait le sentiment d'être devenue une autre personne, ce n'était pas désagréable, mais étrange.

C'est un jeu de rôle Mélo et tu viens de gagner un niveau

Le community manager bossait vite. Il avait publié plusieurs posts dans la journée pour faire monter l'engouement de ses followers sur sa transformation. La jeune femme admirait les photos prises au shooting. Elle avait l'impression d'avoir passé les commandes de sa vie à d'autres, qui en faisaient meilleur usage qu'elle.

Elle rangea ses vêtements neufs à part dans sa penderie, sans se séparer de son ancienne garde-robe. Une façon pour elle de ne pas enterrer la Mélo d'avant, mais de faire de la place à la nouvelle Mélodie.

 **MELODIE** J'assure le meilleur service client possible à The Shop !

J'adore Noël, comme tout le monde, me direz-vous, mais pas pour les mêmes raisons.

Pourtant Noël, c'est la période de rush chez The Shop. Mes collègues du Web subissent une pression énorme pour atteindre nos objectifs et je ne parle même pas de nos héros de la logistique.
Nous, au service client, on croule sous les appels de personnes inquiètes « vais-je recevoir ma commande avant Noël ? »

Oui. Peu importe la date de commande, peu importe si je dois travailler toute la nuit et tout le weekend, je remuerai ciel et terre pour que vous soyez livrés avant Noël et que vos achats fassent des heureux.

C'est pour offrir le meilleur à vos proches que je travaille au service client et que je ne prends jamais de congés pour Noël.

Ma mission est de vous satisfaire et j'en suis fière, en plus, j'adore quand vous me racontez pour qui vous avez commandé vos cadeaux dans vos messages !

Et vous ? Qu'est-ce qui vous fait vibrer au travail ?

 Éric et 24638 autres personnes   1842 commentaires

Magalie soupira en lisant le dernier post de Mélodie sur Linkedin.

N'importe quoi, mais je note que tu ne veux aucun congé pour Noël.

Elle cliqua sur les commentaires pour voir les réactions, Éric Parelli avait encore répondu à sa dernière publication.

Satisfaire au mieux ses clients a toujours été la mission de The Shop ! Merci Mélodie de rendre hommage à tous nos collaborateurs et d'incarner le meilleur de notre entreprise !

♡ 4   ♻ 1   ♡ 17

La responsable du service client brisa son stylo entre ses doigts. Elle avait beau distribuer chaque mois de mauvaises appréciations à Mélodie et demander son transfert, le chef d'entreprise n'avait d'yeux que pour elle depuis sa nouvelle coupe de cheveux et son récent million d'abonnés sur les réseaux sociaux.

— Éric, il faut que tu fasses quelque chose, ça ne peut plus continuer ! Tu imagines si toutes les filles faisaient comme elle ?

— J'aimerais bien qu'elles soient toutes comme elle ! Son taux de satisfaction est de 94%, même toi, tu n'as jamais fait aussi bien ! Tu voulais une conseillère supplémentaire, tu as la meilleure qu'on n'ait jamais eue !

Magalie faisait les cent pas dans le bureau du patron, incapable de se calmer. Depuis quelques mois, Mélodie était omniprésente sur les réseaux sociaux et elle utilisait sa notoriété naissante pour améliorer ses statistiques de satisfaction. Son NEP approchait les 40% désormais, malgré les tentatives de Magalie pour ralentir sa hausse.

— Elle n'est pas douée, elle a juste plein d'idiots qui la suivent sur les réseaux. Ses temps sont désastreux, elle est trop longue au téléphone avec les clients.

— Peut-être, mais les gens achètent chez nous parce qu'on a une influenceuse au service client. Ils n'écrivent pas d'avis négatifs, ils n'envoient pas de messages d'insultes, ils appellent pour lui parler et ils raccrochent satisfaits, c'est tout ce qui compte.

Elle s'arrêta et croisa les bras.

— Je ne l'aime pas Éric, c'est elle ou moi.

Le patron n'eut pas besoin de prononcer le moindre mot, Magalie comprit que la question n'était pas un dilemme pour lui.

— Mag, s'il te plait, soit raisonnable. Tu sais toute l'estime que j'ai pour toi, mais je ne peux pas prendre la décision de me séparer d'un bon élément parce que tu ne l'aimes pas.

— Un bon élément ? Elle fout la merde dans le service ! Toutes les filles la détestent, elle nargue tout le monde à longueur de journée, c'est invivable !

La porte du bureau était restée ouverte, le dirigeant essayait de parler doucement pour que Magalie fasse de même.

— Tu ne l'as pas très bien accueillie à son arrivée et tu es souvent sur son dos.

— Tu vas toujours prendre sa défense ? Après tout ce qu'on a vécu ensemble, c'est elle qui compte maintenant ? Tu veux coucher avec ?

— Ça suffit Magalie !

Il se leva et claqua la porte avant de retourner s'asseoir lentement à son bureau. Il ne voulait pas hausser le ton et s'enliser dans un débat sans fin avec Magalie. La responsable du service client avait beau être entêtée et émotive, il ne pouvait pas se permettre de la recadrer avec trop de fermeté.

— Elle contribue, à elle seule, à 16% du chiffre d'affaires, poursuivit Parelli. Les gens raccrochent quand on leur dit qu'elle n'est pas disponible, alors retire-lui toutes ses autres missions et laisse la tranquille, vraiment, ne l'approche plus, s'il te plaît.

Magalie posa les deux mains sur le bureau et força Parelli à la regarder dans les yeux.

— Pardon ? Tu veux que je la laisse tranquille ? Elle est dans mon service, le temps qu'elle perd impacte tout le monde et tu veux que je la laisse tranquille ? Je ne te dis pas de me laisser tranquille quand tu en as marre de ta femme.

Elle recula et croisa à nouveau les bras, elle savait qu'elle avait atteint la limite. Un mot de plus et son patron exploserait. Parelli attendit quelques secondes et lui répondit avec un calme inhabituel.

— J'ai reçu un appel de son agent, oui Mélodie a un agent qui la représente, celui de Mat'Stat d'ailleurs. Bref, il dit que tu la harcèles et que tu nuis aux performances de sa cliente. Il menace de porter plainte contre toi si je ne prends pas de mesures.

— Porter plainte ? Je la manage, c'est normal que je lui mette la pression.

— Tu essaies par tous les moyens de lui pourrir ses statistiques et c'est mauvais pour le business de son agent, comme le nôtre. Je ne veux pas de cette publicité, c'est bien compris ? Tu restes responsable du service client, mais c'est moi qui manage Mélodie désormais.

Magalie comprit qu'il ne céderait pas cette fois-ci. Dès le départ, elle savait que sa demande de transfert avait peu de chance d'aboutir, mais elle espérait au moins un peu de soutien et surtout qu'Éric arrête de complimenter Mélodie à la moindre occasion.

— C'est donc elle qui commande, dit-elle. Parce qu'elle a des likes sur des posts Linkedin mensongers et des photos en bikini sur Instagram ?

— Elle ne commande pas, elle fait du chiffre. C'est tout ce qui importe.

— Le chiffre, il n'y a plus que ça qui compte pour toi Éric, pas même tes gosses, ta femme ou moi. C'est pas ton chiffre qui te réconfortera quand ta p'tite Mélo t'aura largué.

Elle quitta le bureau en furie. Magalie avait tout donné à cet homme pour être écartée d'un revers de la main, à cause d'une manipulatrice. Elle était présente quand Éric Parelli montait sa petite affaire avec quatre salariés et criait victoire à chaque commande passée sur son jeune site Internet.

Elle l'avait convaincu qu'un service client de qualité serait sa meilleure arme et elle en avait pris la direction dès sa création, assurant parfois elle-même les livraisons dans Paris.

Magalie avait porté The Shop à bout de bras pendant la pandémie, alors qu'Éric était malade pendant des semaines. C'était elle qui avait instauré ce culte de la rigueur et de l'excellence. Elle était crainte dans toute la boite, y compris par le chef d'entreprise, qu'elle était la seule à oser réprimander.

Mélodie était un démon, une narcissique sournoise capable de tout pour arriver à ses fins. C'était elle la menace, Magalie en était convaincue. Elle avait réussi à envoûter le patron et elle tenterait bientôt de prendre le contrôle de l'entreprise.

Il faut que je me débarrasse de cette garce pour sauver Éric.

22

— Tom, si tu le veux bien, passons au débat du jour !

Le présentateur de l'émission First Team, diffusée en direct sur Twitch, adressa un clin d'œil au régisseur et le jingle retentit. C'était le moment fort du show, celui qui comptabilisait le plus de spectateurs.

Après des années à commenter l'actualité sportive, les journalistes avaient ajouté l'analyse du marché professionnel à leur offre de contenu, sous le même format et le succès était au rendez-vous.

— Alors mon cher, de quoi débattons-nous aujourd'hui ?

— J'ai choisi un sujet qui te tient à cœur Erwan, Magic Mélo va-t-elle remplacer Mat'Stat ?

— Ah là, tu me fais plaisir mon Tom ! Ça fait un moment que j'entends tout le monde parler de cette Mélodie qui va battre Mat et ça me fait bien rire.

Lorsqu'ils lancèrent cette nouvelle émission destinée au marché du travail, Erwan s'était senti illégitime pour parler de salariés d'entreprise, lui qui s'était reconverti dans le journalisme après une carrière dans le basketball. Ses producteurs l'avaient convaincu de ne rien changer à sa manière d'animer l'émission, que ce soit pour parler de sport ou de business.

— Et pourquoi donc ? demanda Thomas.

— Pour les mêmes raisons que le débat qu'on a fait l'autre jour sur LeBron James et Michael Jordan. Oui LeBron est incroyable, oui c'est actuellement le meilleur, mais il ne détrônera jamais Michael. C'est pareil, oui Mélo a des stats qui montent en flèche, oui on n'a jamais vu un NEP progresser aussi vite que le sien, oui elle est populaire, mais on parle de Mat'Stat tout de même ! Ça fait dix ans qu'il est là le père Mat, des Mélodies il en a vu plein et crois-moi, il est encore là pour un moment notre ami Mathieu.

— Justement, on sait tous qu'un jour quelqu'un prendra la relève et moi je pense que ce jour n'est plus si lointain. Tu peux rire Erwan, mais Mélodie est passée d'un NEP de 18% à 56%, en moins de deux ans ! T'as déjà vu quelqu'un tripler son NEP comme ça ? Moi une seule personne, Mat'Stat. Et ne me dis pas que c'est uniquement grâce à lui si elle en est là aujourd'hui !

— Ah si, complètement ! Tu vas voir, d'ici quelques mois, elle va stagner. Je ne pense pas qu'elle chutera parce qu'elle a aussi la chance d'avoir le même agent que Mat et c'est pas un rigolo le tonton Chris, il fait le taf, mais je te garantis qu'elle va stagner.

— Ok, Mat lui a donné un gros coup de pouce, oui son agent fait le taf, mais elle a un super potentiel. Elle a signé de beaux contrats publicitaires avec des marques de parfum, qu'on ne citera pas, elle est plus jeune, elle incarne un renouveau et tu sais que les gens aiment la nouveauté. En plus elle est top en interview, elle a du charisme, de la répartie…

Erwan fit un bond sur sa chaise. Inutile de jeter un œil à la caméra, le réalisateur savait exactement quand le présentateur ferait le show.

— Mais Tom, tu la compares tout de même à Mat'Stat ! Il a un NEP de 92% ! Personne d'autre ne dépasse 85% ! Comment veux-tu que Mélodie le batte ? En tout cas, pas avant des années !

Thomas mima lui aussi l'exaspération. Les journalistes travaillaient ensemble depuis des années, ils n'avaient pas besoin de se coordonner pour se faire des passes, une fois le direct lancé. Les spectateurs adoraient leurs fausses prises de tête, c'était pour cette spontanéité et cette énergie dans les échanges qu'ils délaissaient les programmes business classiques au profit des émissions sportives.

— Alors toi, t'es extraordinaire Erwan, quand on parle de LeBron t'es le premier à dire que les stats ne comptent pas et là, tu ne t'intéresses qu'au NEP ! Aujourd'hui, tout le monde veut signer Magic Mélo parce qu'elle est ultra-rentable ! Toutes ses campagnes de pub sont un succès et le chiffre d'affaires de The Shop est toujours en progression, malgré le départ de Mat !

— On va faire comme au basket mon Tom, si demain tu crées une entreprise et que tu as la possibilité de recruter soit Mat'Stat, soit Magic Mélo, toi tu prends Mélo, c'est ça ?

— Bah, je réfléchis en tout cas, parce que pour moi la question n'est pas si évidente.

— Mais tu es fou mon ami !

Erwan fit semblant de jeter son mug sur son acolyte.

— Pas du tout, parce que, ok à court terme Mat va tout exploser, mais à long terme, déjà t'auras pas l'argent pour garder Mat'Stat très longtemps, personne ne peut se le payer plus de six mois maintenant. Mélo, tu vas la garder plusieurs années, tu vas pouvoir construire toute une image de marque autour d'elle, recruter des gens complémentaires et baser toute ta stratégie sur elle, parce que tu auras les moyens de la garder dans tes effectifs. Et ensuite, elle va t'emmener plus loin, Mélo parle anglais, elle. Alors que Mat, c'est un vrai handicap d'être nul en langues ! Je suis sûr que s'il parlait anglais, il serait déjà une star à l'international et il aurait un NEP de 95%, voire plus !

Erwan joignit les mains sur son bureau et commença à parler doucement. C'était sa manière d'introduire un argument de poids.

— 92% de NEP avec un handicap comme tu dis, ça montre à quel point ses autres stats sont phénoménales. Oui Mélo a un gros potentiel et je suis même d'accord pour dire qu'en ce moment, elle ÉCLATE la concurrence. C'est simple, il y a Mat'Stat, Magic Mélo et les autres, on n'en parle même plus. Mais tout de même, on parle de l'effet Mat'Stat, le mec fait grimper le chiffre d'affaires de n'importe quelle entreprise avec un tweet. Pour moi, c'est ça son truc en plus. Jordan l'avait aussi. Mat'Stat restera toujours le meilleur, même s'il vient un jour à décliner et que Mélo le dépasse. Il sera toujours considéré comme le plus grand de l'histoire. Parce que c'est le premier, parce que Mélo est une copie. Y a pas de Kobe sans Michael, y a pas de Mélo sans Mat, voilà tout.

— Oui, là-dessus je te rejoins complètement, Mat est un pionnier, tous les autres sont des copies.

Il fallait relancer le débat pour donner du rythme à l'émission, trouver un autre sujet de discorde pour garder l'attention des spectateurs.

— Tom, tu lui donnerais le trophée de meilleure employée de l'année à Mélo ? Most Valuable Employee comme diraient nos amis américains.

Le MVE était le trophée ultime pour les salariés, à l'image du titre de MVP pour les joueurs de NBA. Il était décerné par un jury composé de grands dirigeants et de journalistes spécialisés chaque fin d'année.

— Non, pas cette fois. Je lui donne le trophée de meilleure progression sans hésiter, mais le MVE pas encore, même si pour moi, elle a sa place dans la discussion.

— Donc Magic Mélo est dans le top 5 des meilleurs employés de France, selon toi ?

— Bah oui.

Erwan fit mine de s'énerver, il savait que Thomas le suivrait dans sa tentative de redonner de l'élan au débat.

— Mais Tom, on peut facilement trouver 10 personnes qui ont de meilleurs stats qu'elle !

— Bien sûr, mais en termes d'impact sur une entreprise ou une marque, pour moi, Mélo est légitime dans le top 5. Elle a presque cinq millions de followers sur Linkedin, c'est bien plus que la plupart des autres stars professionnelles !

— Ah, mais les réseaux sociaux, ça ne compte pas.

— T'es un dinosaure Erwan, bien sûr que si ça compte ! Surtout quand tu bosses dans la communication. Si c'était pris en compte dans le calcul du NEP, Mélo aurait peut-être déjà dépassé les 80% ! Et quand t'es une marque, avoir une telle audience, ça a un impact direct sur tes résultats. Donc oui, Mélo est dans le top 5 des meilleurs employés de France et moi, ça ne me choque pas que certains spécialistes votent pour elle pour le MVE.

Erwan aurait beaucoup de choses à dire pour répondre à Thomas, mais il devait conclure ce débat.

— Hé bien écoute, nous verrons bien, en tout cas, je connais un agent qui doit bien se frotter les mains avec ses deux clients et un tonton, comment il s'appelle déjà le boss de The Shop…

— Parelli

— Merci, oui donc tonton Parelli qui va devoir passer à la caisse pour garder sa petite Mélo.

— Ah oui là, il faut lui donner le MAX.

— De toute façon, s'il ne le fait pas, d'autres vont le faire et là, qu'elle devienne la nouvelle Mat'Stat ou pas, on est d'accord, tu lui donnes un contrat max.

Toujours ponctuer le débat sur une note plus légère pour amuser le spectateur et lui donner envie de regarder la prochaine émission. Les journalistes n'avaient aucun effort à faire pour afficher leur complicité et c'était toute la force du show, les gens assistaient à un débat sportif entre copains.

— Et tu la sors du service client, tu en fais ton égérie, ta franchise player, tu lui donnes les clés de l'entreprise, les clés de ta voiture, les clés de chez toi ! renchérit Thomas en sautant sur son fauteuil.

— C'est sûr que quand tu as LeBron James, j'ai pas dit Jordan hein, mais quand tu as LeBron James dans ton équipe, tu le fais pas jouer dans les vestiaires. Il faut que Mélo soit en première ligne. Elle n'aura peut-être pas le même succès que Mat'Stat, mais il faut lui donner sa chance.

— Entièrement d'accord.

— Hé bien c'est une bonne conclusion, merci à tous nos spectateurs d'avoir suivi ce débat sur First Team, merci Tom, merci Polo à la régie, on se retrouve dès la semaine prochaine pour une nouvelle émission !

23

— Salut Mélo, vas-y entre, Sam n'est pas venu avec toi ?

Mélodie fit une bise à Mat et s'installa dans le grand canapé blanc. Ils avaient tous deux passé plusieurs mois sans se voir, la faute à des agendas bien remplis par leur agent commun.

— Non, il a rendez-vous à l'hôpital, il termine sa rééducation.

— Comment ça se passe pour lui ?

— Bien mieux, il n'a pas retrouvé l'usage de tous ses doigts, mais il a bien récupéré. Il a quelques pistes pour trouver un emploi, son moral est bon même si les Knicks sont encore mauvais cette saison.

— Il ne veut toujours pas d'un coup de main ?

— Oula non, ni de mon aide, même pour améliorer ses réseaux sociaux, il veut faire ça à l'ancienne. Il envoie des lettres et des CV, mais les réponses se font rares.

Mat lui servit un thé et prit place à côté d'elle.

— Je comprends, bon parle-moi de toi Mélo, tu as gagné en popularité, félicitations ! J'avais mis beaucoup plus de temps que toi à avoir autant de followers et tu n'as même pas l'aide du gouvernement.

— C'est plus dur quand on est pionnier, j'ai juste appliqué tes conseils et, tu dois le savoir, je travaille aussi avec Chris. J'étais sceptique, mais je dois reconnaître qu'il est efficace.

Le jeune homme hocha la tête en soufflant sur sa tasse brûlante.

— Oui, il est efficace, c'est le mot. Vince me l'a dit l'autre jour, mais je m'en doutais depuis un moment. Chris préfère que je me concentre sur ma carrière, dès que je lui parle de toi, il change de sujet. Comment vis-tu ta nouvelle célébrité ?

— Ça va, ça me fait bizarre, ça change un peu.

Son hôte rit.

— Bon ok Mat, c'est un truc de fou, dit-elle en abandonnant les conseils de Gauthier sur sa posture et en faisant de grands gestes. Les gens m'arrêtent dans la rue, me demandent des selfies, des autographes, ça saoule Sam parce qu'on est tout le temps interrompus, il en a marre de jouer au photographe, mais moi, j'adore ça ! On fait jamais la queue, l'autre jour le gérant d'un restaurant voulait m'offrir mon repas, je reçois plein de cadeaux, c'est de la folie et c'est pas plus mal parce que pour le moment mon salaire n'a pas évolué. Chris a négocié quelques primes avec Parelli et il m'a trouvé des contrats publicitaires ici et là pour des marques de parfums, mais ça reste occasionnel.

Mat jouait avec son sachet de thé, il se souvenait de ses propres débuts. La célébrité avait ses avantages, même si on s'y habituait vite.

— Tu verras, lui dit-il, une fois que tu auras signé ton premier gros contrat, tu auras plus de souplesse financière, mais tu sais Mélo, plus tu as d'argent, plus tu en dépenses. Tout coûte beaucoup plus cher dès que tu en as les moyens. En tout cas le principal, c'est que vous en profitiez tous les trois.

156

— On essaie, mais j'ai l'impression que Samir ne comprend pas toujours les sacrifices que je fais pour qu'on ait une meilleure qualité de vie. Il pense que je préfère aller à des afterworks faire la star plutôt que de passer du temps avec Elias et lui, alors que si je fais tout ça, c'est justement pour eux. Bon je l'avoue, c'est aussi pour moi. J'imagine que c'est difficile pour lui d'être coincé à la maison, sans travail. Parfois on se promène un dimanche et d'un coup Chris m'appelle, m'envoie un chauffeur pour aller à un événement et je rentre tard. Il prend sur lui, mais je sens qu'il en a marre.

— Oui, ce ne doit pas être facile à vivre pour lui, je peux l'appeler si tu veux pour lui expliquer, mais tu dois aussi faire attention Mélo.

— Attention à quoi ?

Il but une gorgée et posa sa tasse avant de se redresser sur le canapé. Son expression sérieuse surprit la jeune femme.

— Tu peux rapidement être prise dans une spirale difficile à contrôler et... particulièrement éprouvante.

— Je ne comprends pas.

Le jeune homme prit le temps de choisir ses mots, il parlait d'une voix grave.

— Les sollicitations ne vont pas diminuer, au contraire. Il y aura toujours une nouvelle opportunité que tu ne pourras pas refuser. Une nouvelle excuse pour améliorer ton image, tes stats, décrocher un contrat. On te dira que le plus difficile, ce n'est pas d'arriver au top, mais d'y rester, que tout peut s'effondrer du jour au lendemain. On te dira « allez encore un petit effort et ensuite ça se calmera », mais ça ne se calme jamais et peut-être que parfois tu te sentiras...

— Je me sentirai comment ?

Prise au piège, dépassée, désemparée, captive, perdue.
Comment lui dire ?

Mat ne voulait pas décourager Mélodie. Elle s'était battue et touchait enfin au but, mais elle était son amie, il se devait de la prévenir.

— Seule.

Elle rit.

— Seule ? Tu te sens seul toi ? Avec tes trente millions de followers ? J'ai vu tes photos à Ibiza, y en a pas une où t'es seul !

Mat esquissa un léger sourire pour cacher sa gêne. Mélodie avait un compagnon, un fils, leurs situations n'étaient pas comparables. Il se sentait pathétique.

— Oui, je suis rarement seul, mais je ne suis pas souvent entouré des gens que j'aime. Peu de personnes peuvent comprendre ce que nous vivons. Je sais que tu as Samir, mais si un jour tu en as besoin, je serais là pour toi.

Le sourire de Mélodie s'effaça.

— Heu, ça devient bizarre Mat. Je veux dire, je t'apprécie beaucoup, on est amis, mais je préfère justement qu'on reste amis.

Le jeune homme fronça les sourcils.

— Ce n'est pas ce que je voulais dire Mélo, si un jour ça va moins bien, avec Samir notamment, je pourrais t'aider à aller mieux.

— Quoi ?

— Avec Samir !

— Je ne comprends rien Mat et je vais faire comme si je n'avais rien entendu.

Mat plongea sa tête dans ses mains.

— Non, mais je parle de ta vie en général.

— Oui justement, c'est ma vie et ce qui se passe avec Samir ne te regarde pas. J'hallucine, je viens te parler parce que je pensais que tu me comprendrais et que tu m'aiderais à communiquer avec Sam pendant cette période difficile et toi, tu me dragues ? J'ai pas l'intention de quitter Sam, jamais.

Mélodie se leva et se dirigea vers la porte, il l'attrapa par le bras.

— Attends Mélo, je ne te drague pas, c'est pas ce que je voulais dire, je veux juste te prévenir.

— Me prévenir de quoi enfin ?

— De… en fait…

Elle retira son bras de sa main d'un coup sec.

— Écoute Mat, je sais qu'un mec comme toi peut avoir n'importe quelle femme dans son lit, mais je ne suis pas intéressée et je t'interdis de dire quoi que ce soit qui pourrait faire penser le contraire à Sam.

La voix de Mat tremblait, il n'avait qu'une envie, revenir en arrière et annuler toute cette conversation.

— Je ne ferai jamais ça Mélo, Sam et toi… Vous êtes mes amis, vraiment, je te jure que je ne te draguais pas.

La jeune femme posa son sac à main sur le canapé.

— Qu'est-ce que tu essaies de me dire Mat ?

Il se rassit, Mélodie l'imita.

Ressaisis-toi Mat, tu peux lui dire que tu es malheureux, c'est ton amie, elle saura écouter.

— Tout va très vite, dit-il, trop vite parfois. Chris va t'en demander beaucoup et c'est difficile de lui dire non. J'ai peur que cette célébrité soudaine t'épuise et que tu te sentes seule à gérer tout ça.

Elle croisa les bras.

— Tu veux que je ralentisse, c'est ça ? Tu as peur que je te fasse de la concurrence ? Je suis désolée Mat, mais je commence à peine à profiter de tous ces efforts. Chris m'a débarrassée de Magalie, il m'a trouvé un sponsor qui me paie des vacances. Oui c'est intense, mais moins maintenant que j'ai son équipe qui bosse pour moi. En fait, ma vie est beaucoup plus simple depuis que je l'ai rencontré. Sam n'a pas de travail, Elias n'a pas de crèche, je ne peux pas arrêter si près du but, juste parce que tu as peur que je prenne ta place. Depuis tout à l'heure tu veux me faire croire que la vie de star, c'est pas si génial, alors qu'on est assis sur un canapé aussi grand que ma cuisine. Je vais te dire une chose Mat, j'ai bien l'intention de profiter à fond de tout ce que Chris peut m'aider à avoir, parce que je le mérite, moi aussi.

Elle ouvrit la baie vitrée donnant sur la terrasse. Mat hésita à la rattraper encore une fois, mais se ravisa. Mélodie était encore dans l'euphorie des premiers succès. Elle n'était pas réceptive à ses mises en garde.

Il aurait pourtant voulu lui dire à quel point il se fichait de la concurrence. Au contraire, il serait ravi de tout arrêter et de retrouver une existence normale où on le laisserait être et faire ce qu'il veut.

Mélodie marchait dans ses pas. Connaîtrait-elle les mêmes difficultés ou parviendrait-elle à gérer la pression et les exigences de sa nouvelle vie ? Elle cumulait déjà emploi, notoriété et vie de famille avec un enfant, Chris avait probablement raison, Mat était faible.

Peut-être qu'elle est à sa place et que je ne suis pas à la mienne.

24

— Bonjour Mélo, merci d'avoir accepté ma demande d'interview pour l'Équipe Business.

— Bonjour Stephen, merci de m'avoir mise en Une du journal, j'aime beaucoup le titre « Magic Mélo, le ciel est sa limite ? »

Stephen sourit, il avait beau mesurer près de deux mètres et avoir interviewé la plupart des meilleurs sportifs de la planète, la jeune femme l'intimidait.

Mélodie était charismatique, mais il était surtout impressionné par ses quinze millions de followers. Stephen n'avait jamais eu une telle audience, même lorsqu'il animait des émissions télévisées.

L'agent de Mélodie était très sélectif dans les demandes des journalistes et prenait un malin plaisir à toutes les refuser pour faire monter l'attente. Stephen n'était pas idiot, il avait été choisi pour minimiser les risques. L'agent avait d'ailleurs posé ses conditions : pas de direct et toutes les questions devaient lui être transmises avant l'interview. Le timing de cette rencontre n'était pas non plus anodin, Mélodie était en fin de contrat, c'était l'occasion pour elle de mettre la pression à The Shop. Malgré tout, pour Stephen, c'était l'interview de sa carrière.

Ils étaient assis face à face dans deux petits fauteuils, au milieu d'une petite pièce, dans les locaux du média. Le décor était simple, loin de ceux utilisés pour les interviews des sportifs. Stephen avait même fait l'effort de mettre un jean à la place de son légendaire jogging, mais il se sentait ridicule à côté de Mélodie. Elle portait une veste bleu marine taillée sur mesure pour ses épaules athlétiques, un débardeur blanc, un jean slim et des baskets claires qui n'avaient rien à envier aux Nike du journaliste.

— Et du coup, sky is the limit ? Est-ce que le ciel est la limite pour toi ?

— Je ne pense pas qu'on puisse réussir en se fixant des limites, quelles qu'elles soient. Donc j'ai envie de te dire non, je n'ai pas de limites. Je veux aller le plus loin possible et découvrir la limite lorsque je l'atteindrai.

— Et ça te réussit plutôt bien, dit Stephen en relisant ses notes, t'es passée d'un NEP de 18 à 74% en presque deux ans, c'est du jamais vu ! J'ai épluché tes stats, tu tapes dans les 90% sur les essentielles, l'assiduité, la ponctualité, la réactivité et compagnie, mais si je ne dis pas de bêtises, c'est dans le commerce que tu as acquis le plus de points et en particulier la satisfaction de tes clients. Comment fais-tu pour atteindre 98% dans cette stat ? Qui sont les deux personnes en France qui ne sont pas satisfaites de toi ?

Mélodie rit, Stephen pensa que si le charme de la jeune femme était évalué, il atteindrait aussi les 98% sans difficulté.

— C'est beaucoup de travail, mais je suis surtout aidée par la qualité des prestations de The Shop et j'ai une boss en or, sans qui je ne serais pas là aujourd'hui. Ensuite, je m'investis à fond dans mon job. Dès que je décroche le téléphone, je fais mon maximum pour que mon interlocuteur soit satisfait de mon travail. Je fais tout pour qu'il se sente écouté et j'essaie d'aller au-delà de sa demande.

— Tu leur files des réducs ? demanda Stephen en riant.

Chris surgit de l'ombre avant qu'elle ne puisse répondre.

— C'était pas prévu dans les questions, vous couperez cette partie au montage, dit l'agent en fixant le réalisateur.

— Désolé, c'était juste une blague, répondit Stephen.

— Pas d'improvisation, s'il vous plait, lui dit Chris en retournant s'asseoir hors champ.

Stephen soupira et relut ses notes pour reprendre le fil de son interview. Il détestait les échanges préparés, même si c'était le meilleur moyen d'améliorer ses statistiques journa-listiques, selon sa direction.

— Mélodie, tu n'as pas de limites, mais as-tu des objectifs ? À court et long terme.

— Oui, évidemment. Je veux poursuivre mon ascension, mais je veux surtout m'installer durablement sur le marché de l'emploi. Je souhaite continuer d'apprendre et de me perfec-tionner, pour devenir la meilleure professionnelle possible.

— Toujours dans la relation clientèle ?

— Non, pas forcément. Je suis très polyvalente. J'aime-rais plutôt m'orienter dans la communication et le marketing, voire le commerce. Je reste ouverte aux propositions et je suis prête à faire évoluer mon rôle pour satisfaire les besoins d'une entreprise.

— Je t'avoue que je ne comprends pas très bien ton par-cours, tu as été l'assistante de Mat'Stat pendant des mois, mais ensuite tu es revenue au service client et là, tu me dis que tu es prête à faire autre chose, pourquoi ?

Mélodie croisa les jambes et posa ses mains sur son genou en se redressant légèrement sur son fauteuil.

— J'ai eu une chance incroyable de bosser avec Mat, c'est lui qui m'a enseigné l'importance d'être à l'écoute des consommateurs. J'ai donc demandé à rejoindre le service client pour être sur le terrain et parler directement avec nos clients. Maintenant que j'ai acquis cette expérience, j'aimerais reprendre le travail de Mat chez The Shop, ou ailleurs.

— Ok, je crois que le message est clair, t'es prête à quitter The Shop s'ils ne te donnent pas un poste de direction dans la com'.

— Ce n'est pas mon objectif, parce que j'aime vraiment cette boîte, mais c'est une possibilité.

Stephen marqua une pause, conformément à la consigne de Chris.

— Bon et d'un point de vue plus individuel, on te compare beaucoup avec Mat'Stat, certains disent que tu es sa copie, d'autres pensent que tu as le potentiel pour le détrôner. Alors ma première question, c'est quelle est ta relation avec Mat ? Et ensuite, quel est ton avis sur tout ça ?

— Mat a été un mentor, il m'a tout appris, je lui dois énormément et aujourd'hui, c'est un ami proche. Donc oui, c'est un modèle dont je m'inspire beaucoup, même si Mat ne cesse de m'inciter à être moi-même. Je suis fière qu'on me compare à lui, c'est Mat'Stat tout de même ! Mais j'ai aussi envie de m'affirmer et d'être Mélo, tout simplement. En vérité, je ne crois pas qu'on puisse nous comparer, Mat est dans son apogée alors que moi, je commence juste à percer. Il a huit titres de MVE, je n'en ai pas gagné un seul, donc pour moi, il n'y a aucune comparaison possible et il faudrait d'abord que j'arrive à l'égaler avant de songer à le dépasser.

— Mais c'est un objectif pour toi de l'égaler ?

— Je vais essayer, oui. Comme je te l'ai dit, je ne me fixe pas de limites.

— Tu le connais bien Mélo, selon toi, c'est possible de faire mieux que Mat ? Tu penses que tu peux le battre ?

— C'est très difficile parce que c'est vraiment quelqu'un d'exceptionnel, mais rien n'est impossible.

— Et Mat, il en pense quoi de tout ça ?

— Il est très heureux pour moi et il a même hâte que je le rattrape. Il adore la compétition, ça nous stimule lui et moi. Mais c'est Mat'Stat, il ne me fera aucun cadeau et moi non plus.

Stephen sourit, il avait interviewé assez d'athlètes pour comprendre les sous-entendus. Il aurait aimé creuser davantage la relation entre Mat'Stat et Mélodie qui lui rappelait le duo formé par la jeune étoile montante Kobe Bryant et la superstar Shaquille O'Neal, chez les Lakers du début des années 2000. Malgré le succès de leur association, il n'y avait eu de la place que pour un seul ego et le divorce entre les deux leaders fut inévitable.

— Merci Magic Mélo, ce fut un grand honneur de te recevoir ici chez l'Équipe Business. On te souhaite beaucoup de succès, chez The Shop ou ailleurs et de bientôt recevoir ton premier titre de MVE. Vu tes performances, ce n'est qu'une question de temps, j'en suis sûr.

— Merci Stephen, c'était un plaisir, j'espère qu'on se fera d'autres interviews.

Stephen lui rendit son sourire, il était peu probable que Chris accepte une seconde demande d'interview avant longtemps.

Le journaliste se contenterait d'être l'un des premiers à avoir eu cette opportunité, avant que Mélodie ne devienne une superstar.

25

Chris avait donné rendez-vous à Mélodie dans le café où ils s'étaient rencontrés pour une nouvelle « qu'on ne peut pas annoncer au téléphone ». Il la vit entrer dans l'établissement et se souvint de la jeune femme discrète qui s'était présentée à lui, un an auparavant, à la même table. Elle était méfiante, prête à s'en aller au moindre mot de trop et répondait sèchement à ses questions. Elle n'était surtout personne, juste une jeune femme semblable à n'importe quelle autre, jolie, mais au look banal avec son pull vert, son jean et ses cheveux rebelles.

Aujourd'hui, Mélodie était une star. Tous les regards se braquaient sur elle dès qu'elle entrait dans un établissement et c'était son but. Elle portait des vêtements chics et hauts en couleur en toutes circonstances, des bijoux et des sacs à main qui se remarquaient. Mélodie laissait le temps à ses spectateurs de la reconnaître, de l'admirer et de la prendre en photo avant d'enlever ses lunettes de soleil. Elle marcha lentement entre les tables du petit café, avec un grand sourire et Elle s'assit face à son agent, après quelques selfies et poignées de main avec des clients et des employés.

— Comment vas-tu Mélo ?

— Ça va bien, j'ai croisé Éric, il n'a pas voulu me parler, mais il avait l'air content. J'ai l'impression qu'il me pardonne enfin pour l'interview de l'Équipe du mois dernier.

— Ah, oui on l'a un peu bousculé, mais c'est rentré dans l'ordre, ne t'inquiète pas pour ça.

Chris marqua une pause, il faisait tournoyer son café avec sa petite cuillère. Il voulait prendre son temps.

— Tu te rappelles, il y a presque un an, on se rencontrait dans ce café, à cette table, dit-il. Tu étais sur la défensive, tu devais me prendre pour un mec bizarre, un taré peut-être.

— Oui, alors que maintenant, je suis certaine que tu l'es.

— Ah, tu vois, c'est ça que j'apprécie chez toi Mélo, t'as pas froid aux yeux. Tu sais ce que tu veux et t'es prête à tout pour l'avoir, peu importe le prix.

Ces derniers mots de Chris restèrent dans la tête de Mélodie. Elle observa son reflet dans la grande baie vitrée du café, pensive. Elle tourna d'un coup la tête vers son agent.

— Bon Chris, t'as prévu de tourner autour du pot encore combien de temps ? Tu avais quelque chose à m'annoncer, non ?

Il se rapprocha d'elle et posa ses coudes sur la table en croisant les bras.

— On a gagné, murmura-t-il tout sourire.

— On a gagné quoi ? Tu m'as trouvé un nouveau contrat ? Chez The Shop ou ailleurs ? Putain, je ne sais pas si Parelli est content parce que je reste ou parce que je me casse ! Dis-moi !

Chris attendit un peu avant de lâcher le morceau, il adorait son job.

— J'ai eu des dizaines de propositions de grandes boîtes parisiennes et je m'en suis servi pour t'obtenir le max, dit-il, lentement.

— Et ? C'est quoi le max ? Chez qui ?

L'agent parlait plus doucement encore.

— Tu restes chez The Shop comme nouvelle directrice marketing et communication, tu signes ton nouveau contrat dans une semaine.

— T'es sérieux ?

— Oui, j'ai une promesse écrite de Parelli.

Mélodie luttait pour contenir ses émotions, comme Gauthier le lui avait appris. Elle exultera tout à l'heure, lorsqu'elle sera rentrée à la maison. Elle avait atteint son objectif et tenait sa revanche.

— Et du coup, t'as négocié quoi comme conditions ?

Chris s'adossa à la banquette.

— Disons que Parelli m'aurait vendu sa mère si je le lui avais demandé. Tu l'aurais vu, il tremblait en signant notre accord ! Si seulement il t'avait prolongé avant que je ne débarque !

— Allez accouche Chris !

— D'accord, mais baisse d'un ton, maintenant, c'est confidentiel, tu ne dois rien révéler à personne et surtout pas à la presse, jamais, ok ?

— À ce point ?

— Oui Mélo, tu entres dans une nouvelle catégorie. T'étais déjà une célébrité, désormais, c'est la cour des grands. Il va falloir assumer, mais avec mon aide ce ne sera pas un problème.

— Bon dis-moi tout, Sam m'attend.

L'agent se rapprocha de nouveau.

— Je t'ai obtenu un contrat max de cinq ans, dont la dernière année en option de salariée. Ça veut dire qu'après quatre ans, c'est toi qui décides si tu restes ou pas chez The Shop pour une pige de plus.

— Ok, cool.

— Tu as une clause d'intransférabilité, c'est rare d'en posséder une, Parelli ne pourra jamais te transférer sans ton accord. Tu vas aussi avoir une voiture de fonction de classe A, tu choisiras le modèle.

— Mais je viens au boulot en métro.

— Les transports en commun c'est fini, tu as ta propre caisse haut de gamme et tu n'auras rien à payer, pas même l'essence ni l'entretien, c'est The Shop qui s'en charge. Tu vas aussi avoir un bureau flambant neuf que tu pourras décorer à ta guise.

— Et mes horaires ? Je pourrais avoir du télétravail ?

— Tout ce que tu veux. Tu aménages tes heures comme bon te semble et tu bosses d'où tu veux. Tu as aussi des congés illimités.

— Sérieux ? Parelli a accepté ça ?

Chris sirota son cocktail.

— Il n'a pas eu le choix, mais là je ne te déballe que les extras, je garde le meilleur pour la fin.

— Je t'écoute.

L'agent commençait à bien connaître sa cliente. Mélodie n'était pas toujours convaincue par ses discours et ses initiatives, mais elle était assez maligne pour comprendre qu'il agissait dans son intérêt à elle. Contrairement à Mat, elle avait le sens de la stratégie. Chris n'était pourtant pas dupe. Mélodie était fière et bien moins docile que son premier poulain.

Elle aurait la ressource pour se débrouiller seule ou trouver un autre agent, si jamais il commettait une erreur.

— Tu auras des primes en fonction des résultats de l'entreprise, ainsi que des bonus si tu obtiens certaines récompenses, comme le prix du meilleur espoir féminin, la meilleure progression, la plus présente sur les réseaux, le MVE bien évidemment… Tu sais toutes les récompenses qu'on distribue en fin d'année pour les salariés. Plus tu auras de trophées et plus tu auras de primes.

Chris avait toujours trouvé ces récompenses stupides et sans intérêt. Une émission était dédiée à la remise des trophées, comme pour les oscars, avec un jury qui décernait les prix en se basant sur les statistiques, les résultats et la popularité des employés stars. Certains bookmakers voyaient déjà Mélodie remporter plusieurs de ces récompenses, alors autant négocier plus de primes dès maintenant.

— C'est pas fini Mélo, mais avant de t'en dire plus, je dois te parler de tes engagements. Tu seras l'égérie exclusive de The Shop, Parelli peut utiliser ton image comme bon lui semble. Tu devras participer à tous les événements et représenter l'entreprise, même sur ton temps libre. Il aura aussi un droit de regard sur tes sponsors et les publicités que tu feras en dehors de The Shop. Tu devras également toujours rester joignable.

— Ok, et Magalie ? Elle n'est plus ma chef, mais elle me déteste. Elle ne va pas en rester là, c'est sûr.

— Parelli m'a dit qu'un transfert de Magalie était hors de question. Je n'ai pas insisté, elle ne pourra rien te faire.

— Et mon salaire ?

— Ah, enfin tu me le demandes !

Chris lui tendit un petit morceau de papier plié qu'elle ouvrit aussitôt.

— Putain douze mille euros par mois !

— Pas si fort ! Il faut que tu gardes ça secret si tu veux qu'on puisse faire monter les enchères les prochaines fois.

Mélodie regardait le papier dans ses mains, elle n'avait jamais imaginé gagner cette somme.

— J'ai une dernière surprise pour toi Mélo.

— Qu'est-ce que tu pourrais m'offrir de plus ?

— Une place en crèche pour ton fils.

— C'est pas vrai ! Où ?

— Baby'Champ.

— Attends la Baby'Champ des Champs Élysées ? La crèche la plus select de Paris ?

— Oui, la meilleure du pays, t'as une place qui t'est réservée, intégralement payée par The Shop. La directrice t'attend demain pour la visiter, à quatorze heures.

— Ça fait un sacré détour de chez moi quand même.

— Parce que tu comptes rester dans ton T2 avec tes douze mille balles par mois ?

La jeune femme se sentit bête. Chris s'en amusa, il allait devoir lui enseigner comment vivre quand on a de l'argent.

— Je vais te trouver un vrai logement pas loin, t'en fais pas pour ça, dit-il.

— Chris, je ne sais pas quoi te dire, merci beaucoup, c'est incroyable. Je n'aurais jamais imaginé tout ça, franchement, je ne sais pas comment te remercier.

— C'est toi qui as fait le job Mélo, moi j'ai juste présenté tes stats et j'ai montré à Parelli que s'il ne mettait pas le prix, tous ses concurrents le feraient.

— Oui, mais t'as sacrément assuré quand même.

— Continue à bien bosser, c'est comme ça que tu me remercieras.

Elle sauta au cou de son agent lorsqu'ils se levèrent.

— Merci, Chris, pour tout.

26

— Bonjour, bonjour ! C'est un grand plaisir de vous rencontrer Mélodie ! Toute l'équipe adore ce que vous faites, on est tous ravis de vous accueillir à BabyChamp' ! Vous êtes Samir je présume et voici la future star comme maman ! Coucou Elias ! tu fais ton timide ? C'est normal, ne t'inquiète pas, ici tu auras tout le temps de prendre confiance en toi ! Allez par ici la visite, suivez-moi !

BabyChamp' était facile à trouver sur les Champs Élysées, même si la devanture ressemblait davantage à une boutique Nike ou Adidas qu'à une crèche. Une grande façade vitrée, décorée de représentations de bébés semblables à celles des athlètes stars des marques de sport. La directrice était une femme d'une cinquantaine d'années, habillée d'un legging noir, d'un t-shirt rouge et d'une casquette ornée du logo BC de la crèche. L'attention du couple fut surtout attirée par le sifflet gris qu'elle portait autour du cou. Toutes les assistantes maternelles portaient le même uniforme.

La responsable entama sans tarder la visite de la crèche par le hall, dans lequel un petit amphithéâtre était formé avec des tapis de gymnastique. Au centre, une estrade en bois et un pupitre faisaient face aux places assises.

— Alors ici, c'est la grande salle, tous les matins, on réunit les enfants et on en choisit deux parmi les grands pour monter sur l'estrade et présenter à tout le monde les infos du jour, la météo, le menu du déjeuner et la liste des activités de la journée. On les habitue ainsi à prendre la parole en public. Ils seront plus à l'aise à l'école quand ils présenteront des travaux de groupe et plus tard pour animer des réunions !

Samir ne put réprimer un rictus remarqué par la directrice.

— Tout se joue dès le plus jeune âge vous savez monsieur, 84% des enfants qui sortent de BabyChamp' deviennent des leaders et 71% d'entre eux sont très à l'aise à l'oral.

Mélodie pinça son conjoint pour lui faire abandonner l'idée de débattre de la fiabilité de ces nombres et de la méthode utilisée pour les obtenir. Elle invita la responsable à poursuivre la visite.

— C'est bien qu'ils apprennent tôt à s'exprimer en public, répondit-elle, ils prennent confiance en eux.

— Tout à fait madame, c'est notre objectif. Développer leur estime d'eux-mêmes et savoir s'intégrer à un groupe. Allons voir la salle réservée aux bébés champions.

Ils entrèrent dans la pièce dédiée aux enfants de l'âge d'Elias.

— Ici, c'est la salle de jeux. Vous remarquerez qu'elle est décomposée de quatre espaces différents. Il y a l'espace de la compréhension verbale, avec des jouets qui permettent d'apprendre du vocabulaire, celui du raisonnement perceptif, avec des cubes et des puzzles, celui de la mémoire de travail, où les enfants sont initiés aux chiffres et à la logique et enfin

175

celui de la vitesse de traitement, où on trouve des jeux à base de symboles et de codes.

— Pourquoi ce fractionnement ? demanda Mélodie.

— Cette répartition nous permet d'entraîner et d'évaluer les enfants sur les quatre composantes du Quotient Intellectuel. Tous les jours, ils effectuent une rotation sur chacune des sections. Une fois par semaine, nous les chronométrons pour noter leurs aptitudes et leurs progrès.

— Pardon, vous entraînez les enfants et vous les chronométrez ?

La directrice regarda Samir d'un air étonné. Tout dans la crèche, de l'uniforme jusqu'au nom de l'établissement était suffisamment évocateur pour elle.

— Bien sûr monsieur, cela reste un jeu évidemment, ce sont des enfants. Les résultats sont ensuite affichés sur ce mur et les meilleurs reçoivent des récompenses pour que la compétition les stimule.

— Vous êtes sérieuse ? Les enfants sont en compétition entre eux ? Ils n'ont même pas deux ans !

— Nous connaissons notre métier monsieur, l'ambiance est très bon enfant, si je puis dire. Nous ne faisons que les préparer à l'école, vous savez. Vous pensez qu'ils ne seront pas en compétition en primaire ? Au moins, votre enfant aura l'habitude et pourra plus facilement avoir de bonnes notes. 96% des enfants qui sortent de BabyChamp' sont parmi les premiers de leurs classes ,dès leur entrée à l'école !

— Ils sont premiers de la classe de maternelle ? répondit Samir, les bras croisés.

— Oui et je suis sûr qu'ils le restent toute leur scolarité. En tout cas, ils sont sans doute bien meilleurs que ceux qui sont restés à jouer avec un hochet.

Mélodie entraîna Samir vers la petite bibliothèque avant qu'il ne réponde à la directrice.

— Regarde tous ces livres ! Elias adore les histoires, surtout P'tit Loup, il les a presque tous.

— Je vois, dit la directrice, ici nous n'avons pas de P'tit Loup, de T'Choupi et autres histoires de ce genre.

La jeune maman prit un livre rouge assez épais qui dépassait de l'étagère. Il n'y avait aucune image à l'intérieur et la police d'écriture était petite, comme dans un roman pour adulte.

—Ah, vous avez choisi un excellent livre, *l'île mystérieuse* de Jules Verne ! Nous les lisons aux enfants pour qu'ils développent leur imaginaire et leur culture des grands auteurs.

Samir se pencha à son tour et regarda les tranches des livres.

— Harari, Zola, Hugo, vous n'avez aucun vrai livre pour enfant ?

— Les livres pour enfants les incitent à rester des bébés, en leur lisant de la littérature, nous les initions au meilleur de notre monde. Même s'ils ne comprennent pas tout, ils auront reçu l'instruction des plus grands auteurs.

— Mais ce sont des bébés !

— Samir, il a les P'tit Loups à la maison, c'est pas plus mal qu'il voit autre chose ici, répondit Mélodie en regardant son compagnon avec insistance.

Il leva les yeux au ciel et s'avança vers le dortoir, à l'entrée une petite commode dotée d'une tablette permettait de ranger des montres. Samir rit.

— Vous leur donnez des montres en plus ? On n'a pas intérêt à être en retard pour venir les chercher ! plaisanta-t-il.

— Oui et vous seriez surpris par le nombre d'enfants capable de reconnaître les heures, répondit la directrice. Ce sont des montres connectées qui nous permettent de relever de nombreuses informations sur les enfants, comme la qualité de leur sommeil, leur rythme cardiaque, le taux de leur stress, la distance parcourue…

— Et ils les portent toute la journée ?

— Bien sûr monsieur, nous incitons vivement les parents à leur laisser les montres pendant la nuit aussi, à la maison. Plus nous avons d'informations, plus il est facile de suivre le développement de nos petits champions.

— Ça c'est vrai, enchaîna Mélodie, et c'est une bonne chose qu'on puisse savoir comment Elias dort, n'est-ce pas Sam ?

Samir haussa les épaules.

— Et avec ces données vous récupérez tout un tas de statistiques sur les enfants, j'imagine.

— Exactement, cela permet aux parents de tout savoir au sujet de leurs bébés. Vous pourrez, par exemple, voir si Elias manque de sommeil ou si sa température corporelle est plus élevée que d'habitude et vous adapter en conséquence.

— Et elles sont stockées où ces données ? demanda Samir.

La responsable attendait cette question et récita son texte.

— Dans notre base de données sur un serveur privé hautement sécurisé, monsieur. La loi n'autorise pas l'exploitation des informations de personnes mineures, pour le moment du moins. Tout notre processus de collecte et de traitement des informations est déclaré à la CNIL. Nous sommes parfaitement en règle, si c'est ce que vous voulez savoir. L'avantage, c'est qu'à leur majorité, ou lorsque les lois s'assoupliront, votre enfant aura déjà des statistiques, contrairement à ses camarades.

— Et comment peut-on consulter ses données ?

Elle prit une tablette et ouvrit l'application de la crèche.

— Vous avez accès à tout moment aux statistiques de votre enfant via notre application. Toutes les semaines nous vous envoyons un rapport des progrès de votre petit. Une fois par mois, un de nos conseillers vous transmettra aussi une analyse et des recommandations personnalisées pour développer au mieux le potentiel de votre champion.

— Au moins, il y a du suivi !

— Oui madame, tout se joue avant les six ans de votre garçon, alors avec BabyChamp', vous serez en mesure de suivre son développement de près. Passons au jardin si vous le voulez bien.

Le jardin était une grande pièce dotée d'un faux gazon et de lampes à UV accrochées à un plafond, peint en bleu ciel. Des stickers d'arbres étaient collés aux murs, des enceintes diffusaient des chants d'oiseaux et le son de l'écoulement d'un ruisseau. Des mini tapis étaient alignés à côté d'un jardin japonais. Mélodie attrapa Samir par le bras.

— C'est super sympa ici, dit-elle en regardant son compagnon, vous avez réussi à créer un jardin à l'intérieur !

— Oui, c'est l'espace détente. Les lampes UV fournissent aux enfants leur dose quotidienne de vitamine D. Même lorsqu'il pleut, vous savez que votre enfant ne déprime pas ! On fait une séance de méditation tous les jours dans le jardin zen pour leur apprendre à se recentrer sur eux-mêmes. Les enfants ont aussi une séance de Yoga par semaine animée par une coach.

— Qu'est-ce que t'en penses Sam ?

— C'est vrai que c'est pas mal. Ça ne vaut pas un extérieur, mais au moins, ils peuvent se détendre et faire une pause.

Il fit le tour de la pièce en marchant lentement, mains jointes dans le dos à la recherche du moindre défaut. Le ciel était un peu surfait, mais c'était bien mieux qu'une salle éclairée par des néons. Samir revint vers les deux femmes sans avoir relevé d'anomalie, jusqu'à ce que son regard soit attiré par une fenêtre donnant sur une autre pièce.

— Ho putain, c'est quoi ce bordel ? s'exclama-t-il.

Mélodie le rejoint et découvrit une multitude de machines miniatures.

— C'est une salle de musculation pour bébés ? demanda-t-elle.

— Tout à fait madame, une vraie pour que les enfants puissent développer l'ensemble de leur corps. Un coach leur compose un programme adapté et ils passent trente minutes par jour à faire de l'exercice.

— C'est n'importe quoi ! lâcha Samir.

— Monsieur, répondit la directrice de plus en plus exaspérée de devoir se justifier, nos coachs sont des professionnels, vous observerez qu'aucune des machines ne dispose de charge. Tous les exercices sont réalisés au poids du corps de l'enfant pour ne pas perturber leur croissance. Nous obtenons d'excellents résultats, 92% des enfants que nous accueillons n'ont aucun retard de motricité et 24% sont même très en avance pour leur âge !

— Mais…

Mélodie attrapa la main de Samir et la tira en arrière pour lui faire comprendre de se taire.

— Je trouve ça plutôt bien, dit-elle, ça habitue les enfants à faire leur dose quotidienne d'activité physique et ça ne peut que les aider à progresser dans leur apprentissage.

— C'est exactement notre philosophie madame et nos résultats prouvent que nous avons raison. Vous vous doutez bien qu'ici aussi nous suivons les performances des enfants grâce à leurs montres connectées.

Samir patienta en silence dans le jardin zen pendant que la directrice expliquait les formalités administratives à Mélodie. C'est à peine s'il salua la responsable en quittant l'établissement. Lorsqu'ils furent enfin seuls dans la voiture, il prit la parole.

— On ne peut pas mettre Elias dans cette crèche.

Mélodie ne répondit pas de suite, mais sa respiration se fit plus forte. Elle n'avait pas apprécié l'attitude de son compagnon tout au long de la visite.

— Et tu proposes quoi comme solution pour le garder ?

— On le laisse chez la nounou. Ça se passe très bien, il a déjà fait deux années, il ne lui en reste plus qu'une avant l'école, l'inscrire ici va plus le perturber qu'autre chose.

Mélodie démarra et prit la route de leur quartier.

— Je préfère qu'il aille dans cette crèche, lui dit-elle, il sera plus sociabilisé qu'en restant presque seul chez la nounou. Il y a plus d'activités, c'est la meilleure du pays et en plus elle ne nous coûte rien.

— Mais ce sont des tarés Mélo ! Ils s'en foutent des gosses, ils te vendent leurs stats de merde pour se faire du fric, c'est tout. Il y a écrit COACH sur les t-shirts des assistantes maternelles ! Ils mettent des bracelets aux enfants comme s'ils étaient en taule et ils enregistrent tout ce qu'ils font !

— Tu exagères, c'est pareil avec les caméras des autres crèches. Il faut que tu vives avec ton temps Sam. Les statistiques sont partout, il faut faire avec, ça ne va pas aller en diminuant, au contraire. Alors autant préparer Elias pour qu'il ne galère pas comme nous.

— Et tes principes Mélo ? Tu n'aurais jamais accepté cette folie avant.

Elle marqua un stop en appuyant un peu fort sur le frein.

— C'est pas parce que t'as perdu tes stats que tout le monde doit s'en priver, lui dit-elle d'un ton sec.

— Ah bravo, ça y est la célébrité te monte à la tête.

— Je me suis battue pour avoir cette vie et cette crèche ! C'est toi qui vas la payer la nounou peut-être ? C'est moi qui me sacrifie pour la famille.

— Te sacrifier ? Tu adores faire la star alors que tu détestais Mat et tous les autres influenceurs. Je ne te reconnais plus Mélo ! Tu es devenue arrogante et hypocrite, tu ne dis jamais non quand Chris t'appelle pour aller en soirée ou faire des photos. On ne te voit plus et même quand tu es avec nous, tu regardes toujours ton téléphone, t'es constamment ailleurs.

La jeune femme gardait les yeux rivés sur la route, même si la file de voitures était à l'arrêt. Était-elle véritablement devenue ce qu'elle avait toujours haï ?

— Écoute Sam, c'est vrai que ça a été intense, mais ça va se calmer, je te le promets.

— Ça fait des mois que tu me dis ça, je n'y crois plus. Je me demande si ce n'est pas tout simplement ta nouvelle vie. Maintenant, tu as des responsabilités, des engagements, il va falloir que tu sois constamment visible, comme Mat. Pour moi, ce n'est que le début.

Mélodie s'engageait dans la rue de leur appartement.

— On n'a rien sans rien, lui dit-elle. Au moins, on va pouvoir vivre confortablement, acheter une maison, partir en vacances quand on veut et où on veut sans devoir économiser pendant des mois. On va vivre comme Mat, tous les trois.

— Mais à quel prix ? Moi je n'en veux pas de tout ça si c'est pour te perdre.

La jeune femme termina son créneau et regarda son compagnon dans les yeux.

— Je joue un rôle Sam, c'est Mat qui m'a appris à le faire. Tout ça, c'est du vent, c'est pour les réseaux sociaux, la presse, les employeurs et ça fonctionne !

— Donc ton discours sur le fait que tu veux dépasser Mat, gagner plein de titres, devenir la meilleure, c'est du flan ?

Mélodie détourna le regard vers le siège arrière, Elias s'était endormi.

— Je ne sais pas, pour le moment ça marche, j'aurais tort d'arrêter. Tu sais tout peut prendre fin du jour au lendemain dans ce milieu, alors autant tout prendre tant que c'est possible. C'est ce que Chris me répète sans...

— Arrête d'écouter Chris, il s'en fout, il touche sa commission. Je m'inquiète pour toi Mélo, tu fais des choses que tu n'aurais jamais imaginé faire il y a un an. J'aime pas ce que tu deviens, je te le dis franchement. Je ne veux pas mettre Elias dans cette crèche de dingues, je me démerderais pour payer la nounou ou je le garderais moi-même. Je ne veux pas non plus vivre avec une superstar à moitié absente qui ne s'occupe que de son boulot et qui passe plus de temps avec son agent qu'avec sa famille. C'est pas de la jalousie, je suis heureux que tu aies du succès, mais ça devient trop. T'es plus la même Mélo.

Mélodie accusa le coup quelques secondes. Elle essuya une larme et prit la main de Samir.

— Ok, je signe mon nouveau contrat avec The Shop et après je te promets que je lève le pied. Et on garde la nounou.

Ils descendirent de la voiture et montèrent dans leur appartement. Samir ouvrit la porte, Mélodie posa son sac dans l'entrée et jeta un œil à son téléphone. Elle avait une dizaine d'appels en absence de Mat.

Samir venait lui aussi de vérifier ses notifications après avoir déposé Elias, encore endormi, dans son transat.

— Mélo, t'as vu ça ? Mat est dans la merde.

27

— Madame, monsieur bonjour et merci de nous rejoindre en direct sur BFM Business. Je suis accompagné de notre consultant, David Demaret, pour revenir sur l'affaire Mat'Stat. David, pouvez-vous nous résumer la situation ?

Le présentateur se tourna vers un homme corpulent en costume, les avant-bras appuyés sur la table, assis sur un tabouret bien trop fin pour son poids. David Demaret était un ancien sportif reconverti comme consultant, d'abord dans des émissions dédiées au sport, puis il était devenu chroniqueur pour BFM Business, davantage pour sa grande gueule de rugbyman que pour la finesse de ses analyses.

— Hier soir, Mat'Stat était l'un des invités d'honneur d'un événement privé organisé par la marque de boissons énergisantes, également son sponsor, Power. Au cours de la soirée, il a été surpris en train de consommer de la cocaïne et il a fini au poste. Les forces de l'ordre n'ont rien trouvé en perquisitionnant son domicile, alors Mat a été libéré, voilà.

L'écran derrière le présentateur diffusait en boucle la vidéo de Mat sortant du commissariat, escorté par les policiers, pour se frayer un chemin parmi les journalistes et entrer dans une voiture noire.

— Merci pour ce résumé concis David, et donc selon vous, que risque-t-il ?

— Absolument tout. La détention et la consommation de drogue est illégale, mais surtout la cocaïne est un produit dopant. En plus, cette andouille s'est droguée juste devant une caméra de sécurité, il faut le faire tout de même ! Bref, je ne vois pas comment il peut échapper à une condamnation pour dopage professionnel. Ses statistiques vont être réinitialisées, ses contrats annulés, il va devoir rembourser des sommes astronomiques de dommages et intérêts à ses sponsors, sans parler de l'amende, et il devra essayer de repartir à zéro avec une réputation de tricheur, voilà ce qu'il risque.

— En gros, vous êtes en train de nous dire que Mat'Stat est fini.

David tapa du poing sur la table. Le présentateur s'accrocha pour ne pas basculer suite à la secousse.

— Les preuves sont plus qu'accablantes, il n'est pas juste fini, il est foutu ! Il avait encore de la drogue dans le pif quand la police est arrivée ! On ne peut pas prédire les décisions d'un juge, mais ce qui est certain, c'est qu'il ne sera plus jamais Mat'Stat, c'est terminé. Même si par miracle, il est innocenté, ou si sa peine est allégée pour des circonstances atténuantes, que nous ne connaissons pas encore, plus aucune entreprise ne prendra le risque d'être associée à lui. Mat'Stat est mort !

— Oui enfin David, précisons que nous parlons de la fin de sa carrière, mais que Mat'Stat peut faire autre chose s'il le souhaite.

Nouveau coup de poing sur la table.

— Mais c'est pareil ! Regardez ses réseaux sociaux, tout le monde l'insulte ! Mat'Stat doit se barrer, changer de nom, changer de vie, se planquer jusqu'à la fin de ses jours !

— Non David, vous ne pouvez pas dire ça. Mat'Stat va être jugé et ensuite il…

— Il finira en prison et c'est pas plus mal !

— David, s'il vous plaît !

Le présentateur craignait davantage d'être emporté dans la chute de la table que d'être recadré par le Conseil de Surveillance de l'Audiovisuel.

— Vous dites que toutes les marques, ses anciens employeurs se désolidarisent de lui. Justement, quelle est la réaction de Power à ce sujet ?

Le consultant joignit les mains et reposa ses avant-bras sur la table, un craquement de plastique se fit entendre.

— C'est un gros coup dur pour Power. Mat était leur principale égérie depuis longtemps, ils vont avoir du mal à se défaire de cette mauvaise publicité. C'est le PDG qui a appelé la police lorsqu'il a découvert ce que Mat faisait dans une salle de bain. Pour moi, il a fait ce qu'il fallait pour protéger sa marque, mais il a une image à reconstruire, il y a beaucoup de boulot, voilà.

— Et l'agent de Mat'Stat, il s'est exprimé ?

— Pas publiquement, mais je connais bien Christophe Richaud. Il m'a dit, qu'il ignorait que son client prenait de la cocaïne, même s'il a parfois eu des soupçons. Sa relation avec Mat'Stat était devenue tendue ces derniers temps. A priori Mat ne supportait plus la pression, il était d'humeur changeante, parfois agressif, voire colérique. Il a refusé plusieurs fois la proposition de son agent de faire une pause et de consulter un psy. Chris pense que c'est à ce moment-là qu'il a commencé à se droguer. Mat était obsédé par ses statistiques et il craignait la concurrence, voilà.

— Vous voulez parler de Magic Mélo, comme certains la surnomment, n'est-ce pas ?

— Oui, moi je l'appelle la poulette braisée parce que… Il croisa le regard noir du présentateur, enfin bref, elle a été photographiée il y a plusieurs semaines sortant du domicile de Mat. Les témoins affirment qu'elle semblait contrariée. Ensuite, elle a clairement dit dans son dernier interview qu'elle voulait la place de Mat. Pour moi, il y a des tensions et une grosse compétition entre les deux stars, voilà.

— Elle s'est confiée sur cette affaire ?

— Non pas encore, mais d'après Chris, également son agent, elle n'a rien à voir avec tout ça. La police n'a pas jugé nécessaire de la convoquer. Les enquêteurs ont l'air de penser que Mat se serait dopé pour booster ses performances, en solo.

— Mais, David, comment expliquer le fait que Mat ait succombé à la tentation du dopage, alors qu'il sort encore d'une mission exceptionnelle et qu'il est favori pour le titre de meilleur employé de l'année ?

David se redressa légèrement sur son tabouret en souffrance. Il écarta les mains et les posa de part et d'autre de la table, qui s'arrondit sous son poids.

— C'est regrettable, mais ça ne me surprend pas. À ce niveau professionnel, la pression est énorme. Des mecs qui craquent, j'en ai vu plein. Jusqu'à présent Mat a été en mesure de tenir ses rivaux à distance, mais avec le succès de Mélodie, elle aussi sous la coupe de son agent, je pense qu'il a simplement paniqué. Après, c'est une spirale infernale dont tu ne te relèves pas, voilà.

— Il faut dire que Magic Mélo a pris le devant de la scène en un rien de temps. Elle est largement favorite pour être élue meilleur espoir professionnel de l'année et certains observateurs la mentionnent déjà dans la course au trophée de meilleur employé, suite à l'arrestation de Mat'Stat.

— Oui, j'ai vu ça, plusieurs bookmakers pensent qu'elle peut gagner les deux récompenses. Elle deviendrait la première femme à gagner le trophée ultime, c'est parfait pour tourner définitivement la page Mat'Stat, voilà.

Mat éteignit la télévision, ouvrit la baie vitrée et sortit sur sa terrasse. L'air était frais en cette soirée d'août. Il s'approcha de la rambarde et regarda par-dessus. Même à cette hauteur, il parvenait à distinguer l'attroupement de personnes devant l'entrée de son immeuble, maintenues à distance par des policiers. Certains lançaient des objets, peut-être des pierres, sur la façade du bâtiment, d'autres taguaient les murs. Il vit la vieille dame en contrebas, sur le balcon de la résidence d'en face. Comme d'habitude, il lui fit signe de la main, mais cette fois-ci elle répondit avec un doigt d'honneur.

Le jeune homme soupira et prit son téléphone. C'était un réflexe dès qu'il était contrarié ou stressé. Quand son avocat lui donna l'ordre de ne surtout pas l'allumer, Mat savait que ce serait impossible. Sans son téléphone, il était démuni, sans échappatoire à sa vie réelle. C'était son moyen de se connecter aux autres, même avec des fans, aujourd'hui ligués contre lui.

Mat avait désactivé les notifications de ses réseaux sociaux, mais il ne pouvait se résoudre à supprimer ses comptes. Effacer sa présence en ligne, c'était disparaître de la vue de tous, c'était cesser d'exister. Même les insultes et les menaces de mort étaient préférables au néant.

Il ouvrit l'application Twitter et la lecture des centaines de messages de haine le blessa profondément. Mat se laissa glisser le long de la rambarde et s'asseya par terre, sans réussir à détourner le regard des commentaires. Seul l'appel de Mélodie le sortit de sa lecture infernale.

— Mat, ça va ? T'es où là ? Qu'est-ce qui se passe ?

Il prit une grande inspiration, il ne voulait pas sangloter au téléphone.

— Je ne sais pas Mélo, c'est arrivé très vite. Les flics m'ont embarqué, j'ai passé la nuit en cellule et je n'ai pas pu dormir.

— Oh bordel, tu tiens le coup ? T'es chez toi ? Ah oui, on te voit sur BFM, ils zooment sur toi d'ailleurs.

Mat se précipita à l'intérieur de son appartement, tira les rideaux et se jeta sur son canapé.

— Allô Mat ? Bon bouge pas, on vient te chercher.

Il renifla dans sa manche.

— Tu ne pourras pas entrer. Seul mon avocat est autorisé à passer le barrage de police et je suis assigné à résidence pendant toute la durée de l'enquête. Si tu te montres, ils s'en prendront à toi, tu vas t'attirer des problèmes.

— Ah merde, bon, je vais appeler Chris et on va organiser une conférence de presse pour demander aux gens d'arrêter ce cirque et de te laisser tranquille.

— Non, mon avocat ne veut pas qu'on prenne la parole. Il dit qu'il faut attendre le procès et que les gens vont se calmer dans quelque temps.

— Oui, logique, je suis désolée Mat, j'aimerais t'aider, mais je ne sais pas comment. Ah ! On va partir en vacances pour quelques jours en Grèce ce weekend, pourquoi tu ne viendrais pas avec nous loin de toute cette histoire ?

Mat sourit et se redressa sur son canapé.

— Je serais bien venu, mais je suis toujours assigné à résidence jusqu'à mon procès.

— Oh putain quelle gourde ! Je suis désolée Mat.

— Ce n'est pas grave, merci de me l'avoir proposé, ça me touche.

— Il va falloir que je te laisse Mat, mais avant, j'aimerais te poser une question directement, c'est sûrement pas le moment, mais il faut que je sache.

— Oui, j'ai pris de la cocaïne.

Mélodie attendit quelques secondes avant de répondre.

— Oui, ça je sais. La vidéo de surveillance tourne en boucle à la télé, mais pourquoi tu as fait ça ?

Cette fois-ci, c'est Mat qui la fit attendre un peu, le temps de réfléchir à sa réponse, même s'il avait passé la nuit à l'expliquer aux policiers et à son avocat.

Il ne faut pas que je lui attire des problèmes.

— Je ne sais pas Mélo, je n'en pouvais plus... je n'avais pas le choix.

— Tu es sûr que ce n'est pas à cause de moi ? Si c'est le cas, je suis vraiment désolée. J'ai pas écrit mes réponses pour l'interview, tu sais, je jouais un rôle et... oui j'ai envie d'être la meilleure, mais n'écoute pas tout ce qui se dit... jamais je ne...

— Je sais Mélo, je sais comment ça se passe.

— Écoute, Mat, si t'as besoin de quoi que ce soit, tu m'appelles. On est amis, Sam et moi, on sera là pour toi, quoi qu'il arrive.

Une nouvelle pause avant la réponse de Mat. Sa gorge se nouait, il avait du mal à trouver ses mots et à les prononcer.

— Ça va aller Mélo, c'est un mauvais moment à passer, mais ça passera et ensuite, je pourrai souffler. Ne t'inquiète pas pour moi, profite de tes vacances et surtout, n'oublie pas de prendre soin de toi et de ta famille, c'est ça le plus important. Tout le reste, c'est du vent, ça ne compte pas. Protège-toi de tous ceux qui te diront le contraire.

Il raccrocha et éteignit son téléphone.

Je dois faire en sorte qu'elle ne suive pas la même voie que moi.

28

Fira, le petit village blanc niché dans la roche volcanique au nord de l'île de Santorin, était l'endroit idéal pour profiter du soleil et de l'air méditerranéen. Samir se sentait renaître avec la vue sur la mer depuis sa chambre d'hôtel. Il aurait préféré l'île d'Amorgos, plus sauvage et moins peuplée pour faire quelques randonnées, mais la réservation de Chris dans un hôtel cinq étoiles à Fira ne se refusait pas.

Il admirait le volcan, depuis la piscine à débordement de sa terrasse, en sirotant un jus de fruit pendant qu'Elias faisait la sieste dans un petit hamac. Mélodie terminait son petit déjeuner et envoyait ses photos de la veille à son agent.

« Chris a négocié un partenariat avec une agence de voyage. Une semaine gratuite en échange de photos. C'est le community manager qui gère les posts, t'as juste à prendre trois clichés par jour, j'envoie et le reste, c'est juste nous trois », lui avait promis Mélodie.

Samir s'improvisait donc photographe de sa compagne et les premiers jours furent parfaits. La jeune femme eut du mal à lâcher son téléphone, mais elle y parvint et la petite famille passait d'excellentes vacances. L'idée de venir régulièrement en Grèce fit même son chemin dans leurs esprits. Mélodie aurait bientôt le salaire et les conditions de travail nécessaires pour qu'ils s'offrent des escapades régulières dans les îles. Ils s'amusèrent à regarder les offres immobilières, avec un œil exigeant, tout en rêvant d'autres destinations.

Ils s'imaginaient en digital nomades avant qu'Elias n'entre à l'école. Le nouveau projet de Samir, devenir développeur indépendant, prenait forme dans sa tête et lui permettait d'évacuer sa frustration professionnelle. Avec l'aide de Mélodie, il n'aurait aucun mal à trouver des clients et vivre à son compte, en totale liberté.

Ils travailleraient tous deux de n'importe où, n'importe quand pour voyager et vivre de nouvelles expériences. Cette perspective excitante améliorait leur relation de couple. Samir retrouvait la Mélodie aventurière qu'il aimait et une vie de famille apaisée. Les séances photos devenaient des moments de complicité. Puisqu'ils avaient le champ libre, ils décidèrent de prendre des clichés authentiques, loin des mises en scènes habituelles d'Instagram. À travers l'objectif, le jeune homme redécouvrait sa compagne, sa beauté naturelle, sa simplicité. Les publications eurent du succès sur les réseaux, alors Chris les laissa faire.

Samir aperçut un homme en contrebas qui ressemblait à Mat, sur une terrasse similaire à la sienne. Ils n'avaient aucune nouvelle de leur ami, pas même Mélodie. Ils ne voyaient que les informations relayées dans les médias. Des centaines d'articles, putaclics pour la plupart, répandaient des rumeurs, des pseudo-analyses et des prédictions en tout genre, sans véritable fondement. Samir s'inquiétait, sur les réseaux sociaux la colère des utilisateurs restait vive, sans cesse alimentée par les news.

« Si vous essayez d'aider Mat, vous lui attirerez plus d'ennuis qu'autre chose. Pire, les gens, voire la justice, vont s'en prendre à vous. La meilleure chose à faire, c'est de rester loin de tout ça et me laisser gérer » leur avait conseillé Chris.

Samir avait fait promettre à Mélodie, toujours prête à mener les combats des autres, de respecter les consignes de son agent et de se tenir à l'écart de l'affaire Mat'Stat. S'ils arrivaient à en faire abstraction la journée, le soir venu, les discussions tournaient souvent autour de leur ami.

« Il y a quelque chose qui ne tourne pas rond Sam, je le sais, je le sens. »

Le jeune homme savait sa conjointe perspicace, mais elle n'était pas enquêtrice pour autant. Au bout de nombreux débats tardifs et d'hypothèses invraisemblables, ils décidèrent de clore le sujet jusqu'à leur retour à Paris pour profiter de leur séjour, même si Samir se doutait que pour Mélodie, résoudre cette affaire était devenu une obsession.

Elle allait rejoindre son conjoint quand Chris l'appela sur son téléphone.

— Mélo, j'ai une excellente nouvelle !

La jeune femme sauta de sa chaise et manqua de tomber dans la piscine. Elle mit le haut-parleur pour que Samir entende la conversation.

— Il y a du nouveau pour Mat ? demanda-t-elle.

Silence. Mélodie vérifia le niveau de réseau, c'était juste Chris qui s'était tu.

— Non, pas encore, il n'y en aura pas avant le procès, dit l'agent en soufflant.

— Mais l'enquête, ça avance ? Rien n'a fuité ?

— Non, j'ai pas d'infos Mélo, on en saura plus au procès, dit-il exaspéré.

— Pourquoi tu m'appelles alors ?

Chris répondit avec moins d'enthousiasme qu'il ne l'avait prévu.

— Tu es la nouvelle égérie de Power, Mélo.

Mélodie regarda Samir.

— Pardon ? t'es sérieux Chris ?

— Oui, très sérieux. On parle d'un contrat de cinq ans de, accroche-toi bien, cinq millions d'euros !

Elle posa le téléphone sur le rebord de la piscine.

— Non mais Chris, tu fais quoi là ? Je m'en fous en fait, Mat n'a pas encore eu son procès et toi, tu négocies un nouveau contrat pour le remplacer ?

Chris souffla de plus belle.

— Mélodie, je fais tout mon possible pour sortir Mat de son merdier, mais pour le moment, il faut attendre le procès, on ne peut rien faire d'autre. Par contre, je peux te protéger toi, en sécurisant des contrats qui mettront ta famille à l'abri. Désolé de faire mon job.

— Je ne veux pas prendre la place de Mat, je trouve ça déplacé, peu importe le montant.

Samir observait sa compagne et écoutait attentivement. Il lui manifesta son accord d'un signe de tête, fier de retrouver sa Mélodie.

— Mat s'est battu pendant des années pour représenter Power, soupira Chris, je ne peux pas lui demander son avis parce qu'il a besoin de repos en ce moment, mais je le connais. Il préférerait que tu prennes sa relève plutôt qu'un autre. Écoute Mélo, je te demande juste d'y réfléchir s'il te plaît, fais-moi confiance, c'est beaucoup d'argent pour ta famille. Tu as vu que le succès peut s'arrêter du jour au lendemain, si t'as le moindre souci avec The Shop, il faut sécuriser d'autres options.

Mélodie regardait toujours Samir, il haussa les épaules. Il ne voulait pas influencer sa décision.

— Le moment est très mal choisi, mais je vais y réfléchir, finit-elle par murmurer.

— Ok, mais essaie d'y penser rapidement Mélo. Power veut rajeunir son image et envoyer du rêve. Ils veulent des photos de toi en Grèce avec des bouteilles de la marque. Je t'en ai fait livrer à ton hôtel en express, elles arriveront demain. Il nous faudrait une vingtaine de bonnes photos.

Elle leva les yeux au ciel.

— J'ai pas dit oui Chris et si jamais j'accepte je ne veux pas que la campagne de Power se fasse avant le procès de Mat.

— Je ne pense pas qu'ils la programmeront pour tout de suite, ils vont vouloir attendre que l'affaire se tasse.

La jeune femme prit son téléphone, comme si le rapprocher de son visage empêcherait Chris de raccrocher.

— Une dernière chose, comment va Mat ? Tu as des nouvelles ? Ça n'a pas l'air de se calmer dans les médias et sur les réseaux.

— Il va bien ne t'inquiète pas pour lui. Les gens vont se lasser, il faut juste attendre le prochain scandale.

— Et la suite pour lui, c'est quoi ?

L'agent soupira encore.

— Ça dépend de lui, il va d'abord prendre des vacances, se faire oublier et ensuite, il décidera de ce qu'il fera.

— Tu penses lui retrouver du boulot ?

— Mat s'est dopé malgré mes interdictions. Après toutes ces années, il a rompu notre contrat et ma confiance. C'est à lui de mener sa vie désormais.

— Tu l'abandonnes donc.

— C'est lui qui m'a abandonné au moment où il s'est drogué. Je l'aide encore parce qu'il est comme un fils pour moi, mais il savait que je ne le suivrai pas sur ce chemin. Il a trente-six ans, il est capable de gérer.

— J'espère.

— Concentre-toi sur ta carrière Mélo, c'est comme ça que tu pourras aider Mat, en prenant sa relève. Ne t'inquiète pas pour lui, vraiment, profite de tes vacances, on va avoir du boulot à ton retour, je te veux à cent pour cent. Et pense à mes photos !

Samir et Mélodie passèrent le reste de la journée à visiter le village d'Oia, puis, débattirent une nouvelle fois au bord de la piscine, après avoir couché Elias. Le timing était mauvais, mais on pouvait en faire des projets avec cinq millions d'euros.

— C'est à toi de décider Mélo, dit Samir, je te soutiens quel que soit ton choix.

Elle regardait le soleil plonger lentement dans la mer sombre.

— Tu ne m'aides pas beaucoup Sam, bordel je ne sais pas quoi faire, je ne peux pas remplacer Mat, ça ne se fait pas.

Il passa son bras autour de ses épaules, se demandant un instant s'ils ne feraient pas mieux d'apprécier le spectacle de lumières orangées.

— Je suis d'accord, mais là où Chris a raison, c'est que Power va engager quelqu'un d'autre. Si c'est toi qui touches l'argent, tu pourras peut-être aider Mat.

Mélodie se tourna vers lui.

— Tu crois qu'il aura besoin d'aide ?

— Je ne connais pas la fortune de Mat, mais de ce que j'ai lu, il va perdre beaucoup d'argent dans cette affaire et il aura du mal à trouver un autre job.

La terrasse s'obscurcissait et après un dernier bain sous les étoiles dans la piscine, Mélodie décida de confier son choix à Morphée.

Le lendemain matin, la jeune femme se rendit à la réception récupérer le carton de bouteilles de Power, déjà arrivé sur l'île. Lorsqu'elle remonta dans sa suite, Samir était assis sur un transat, téléphone dans la main, en état de choc.

— Mat est mort.

29

Tu penses que Mat s'est suicidé à cause de toi ?

🗨 17513   ↕ 2469   ♡ 324758

Mélodie et Samir rentrèrent à Paris le soir même. Ils assistèrent quelques jours plus tard aux obsèques de leur ami Mat, en présence de ses parents, Chris et d'un journaliste. Aucun de ses millions de fans ne fit le déplacement pour rendre hommage à l'ex-superstar. Son procès fut annulé et l'enquête classée sans suite, au grand regret de Mélodie. Elle aurait préféré obtenir les conclusions de la justice plutôt que celles de la presse sur cette affaire.

Mat avait craqué. Tout le monde semblait s'être accordé sur cette explication, la plus plausible. La pression accumulée depuis des années et la concurrence avaient eu raison de lui. Des spécialistes autoproclamés analysaient la psychologie du défunt et trouvaient sans cesse de nouveaux arguments pour valider cette théorie. Certains lui prêtaient même des troubles allant de la mégalomanie à la schizophrénie.

La haine de l'opinion publique se mua en pitié. Mat rejoint le club des célébrités qui s'étaient données la mort au terme d'un succès, trop grand pour elles. Il était tantôt dépeint comme une personne psychologiquement instable, tantôt comme un imposteur rattrapé par ses mensonges.

Chaque titre de presse faisait enrager Mélodie. Elle essayait de prendre du recul, mais cette question d'un follower sur son compte Twitter lui restait en tête nuit et jour.

Tu penses que Mat s'est suicidé à cause de toi ?

♡ 17513   ⟲ 2469   ♡ 324758

La jeune femme repensait à la dernière fois qu'elle avait vu Mat. Elle l'avait quitté au terme d'un échange tendu, alors qu'il essayait de lui avouer quelque chose. Mélodie s'en voulait de ne pas avoir su l'écouter. Et si, contrairement à ce qu'il lui avait dit, tout était sa faute ?

Dès leur rencontre, Mélodie avait tout fait pour se mesurer à lui et prouver qu'elle était meilleure. Avec le travail de Chris, elle était entrée en concurrence directe avec Mat. Se sentait-il menacé par sa nouvelle rivale ? Avait-il été blessé par ses propos rapportés par la presse ?

Plusieurs journalistes lui posèrent la question sur les réseaux ou dans la rue. Mélodie avait simplement répondu que Mat était son mentor, mais surtout son ami, qu'ils formaient une équipe et que Mat était heureux de sa réussite.

Elle doutait désormais de ses propres mots.

Mélodie était assise à la place de son ex-manager, dans le petit bureau du troisième étage de The Shop. Elle l'avait réaménagé et un peu décoré, mais tout lui rappelait Mat. La nouvelle directrice de la communication n'avait pas le cœur à travailler, mais elle ne pouvait pas rester chez elle, à ne rien faire. Son bureau était le meilleur point de départ pour chercher des réponses.

Qu'est-ce qui a motivé Mat à prendre de la cocaïne ? Il avait l'habitude des contrôles antidopage de fin de mission. Pourquoi était-il passé à l'acte à ce moment précis, chez son sponsor principal ?

Il s'était dopé peu de temps après la visite de Mélodie chez lui. Était-ce parce qu'il avait échoué à la dissuader de poursuivre son ascension ?

Elle plongea la tête dans ses mains. Plus elle y pensait, plus il devenait évident qu'il existait bien un lien entre elle et la descente aux enfers de Mat'Stat.

Si seulement il avait laissé une lettre pour expliquer son geste, mais ni Chris, ni son avocat n'avait obtenu un tel document. Elle ouvrit son navigateur, les chances de trouver des indices en ligne étaient faibles, mais elle n'avait aucune autre ressource à disposition. Mélodie parcourut les réseaux sociaux de Mat. La plupart des posts n'étaient pas de lui, elle ne trouva rien d'intéressant. D'après plusieurs médias, les analyses dataient la prise de drogue à deux semaines avant la fin du dernier contrat de la star.

Pourquoi se doper à la fin de sa mission ? Deux semaines, c'est trop court pour avoir des résultats, ça n'a pas de sens.

Était-il en retard sur ses objectifs ? Avait-il tenté un dernier coup de boost pour bien finir malgré la menace d'un test antidopage ?

Mélodie ne pouvait pas avoir accès à des données fiables sur l'activité du dernier employeur de Mat. L'entreprise se félicitait sur les réseaux sociaux du succès du consultant, comme toutes les précédentes. Impossible de savoir si c'était vrai ou non, mais de mauvaises performances influenceraient les statistiques personnelles de Mat et ces dernières étaient publiques. Mélodie se rendit sur le site de la CNIL et ne tarda pas à trouver le pourcentage de la contribution de Mat aux chiffres d'affaires des sociétés qui l'employaient. La courbe d'évolution était en augmentation et n'avait jamais baissé, tout au long de sa dernière mission.

Pourquoi vouloir se doper si les objectifs sont atteints et les stats en hausse ?

Mélodie était dans l'impasse. Elle n'avait aucune piste pour l'aider à trouver les motivations de Mat et surtout aucun moyen d'accéder à ses effets personnels pour trouver des indices. La jeune femme se pencha en arrière sur son fauteuil et posa ses pieds sur le bureau. Elle ouvrit le premier tiroir pour prendre la balle de Mat et la faire rebondir contre le mur, dans l'espoir d'attraper une idée au passage.

Mélodie faillit tomber de sa chaise, la balle avait disparu et à la place, elle découvrit un petit sachet.

Un sachet de poudre blanche.

30

Chris regardait sa montre, son téléphone, puis sa montre à nouveau, il n'avait jamais aimé patienter. « On ne fait pas attendre les gens importants » disait son père, ancien manager général du club de basket-ball du CSP Limoges. Il avait transmis à son fils son exigence et son dégoût pour la médiocrité. Un héritage acquis dans la douleur, lorsque son père lui ferma les portes du club, sans même l'avoir mis à l'épreuve.

« Je ne prends que les meilleurs pour cette équipe et tu n'en fais pas partie mon fils. »

À défaut d'être sur le terrain, Chris fit ses armes dans les bureaux et travailla comme commercial. Il considéra son emploi de la même manière que les joueurs professionnels de l'équipe. Chris se levait tôt, travaillait son discours, abordait ses rendez-vous comme des matchs et se donnait à fond pour atteindre ses objectifs. Il passait le reste de son temps en compagnie des joueurs, il les observait s'entraîner, seul dans les gradins. Chris connaissait les routines de chacun de ces hommes qui avaient réussi à gagner le respect de son père.

Il eut alors l'idée d'en faire des produits et d'accroître leur valeur marchande. Son paternel les considérait déjà comme des pièces interchangeables pour assembler son équipe et n'hésitait pas à se séparer de certains éléments pour en acquérir d'autres. Chris n'eut aucun mal à convaincre les joueurs de devenir les égéries de petites marques locales en échange d'un pourcentage sur les contrats publicitaires. Il devint leur agent, mais il fit rapidement le tour des opportunités de la région de Limoges et ses joueurs n'étaient pas assez reconnus pour viser d'autres horizons.

Chris partit vivre à Paris dans l'espoir de mettre la main sur des talents plus prometteurs. Il tenta d'abord de rejoindre une agence, mais son manque d'expérience et de réseau vouèrent son projet à l'échec.

Il créa sa propre structure et misa sur les mauvais joueurs. Il avait de plus en plus de dettes et donc de moins en moins de patience avec ses recrues. Chris n'avait besoin que d'une perle rare, un seul client capable d'atteindre le haut niveau et de faire de lui un agent reconnu.

Au bout de plusieurs mois de recherche infructueuse, Chris s'apprêtait à jeter l'éponge. Il avait été expulsé de son logement et dormait dans la gare Montparnasse depuis une semaine, sous un tableau d'affichage. Toute la journée, il regardait les trains pour Limoges quitter les quais. Chris n'avait qu'à franchir la porte de l'un d'eux et rentrer chez lui, mais l'idée de se laisser mourir de faim lui paraissait plus douce que d'affronter la déception de son père.

« Le prodige des burgers affole les réseaux sociaux ! »

Chris avait d'abord vu les unes des journaux abandonnés dans la gare. Il avait lu les articles et vu les vidéos en jetant un œil sur les téléphones des voyageurs. En quelques jours, un jeune cuisinier prénomé Mathieu avait envahi le hall et Chris le voyait même en dormant. Ce n'était pas un sportif, mais c'était une pépite, il en était convaincu.

L'agent déchu s'endetta encore un peu plus pour se refaire une beauté et partit à la rencontre de la nouvelle star des réseaux sociaux. S'il ne fut pas difficile à trouver, Chris ne parvint pas à s'en approcher. Il alla donc sonner à la porte de ses parents et utilisa son bagout pour les convaincre que le succès soudain de leur fils deviendrait dangereux, s'il ne bénéficiait pas d'aide.

Peu après, Chris devint l'agent de Mathieu. Il remodela son image et commença à démarcher d'autres marques. Lorsque la réforme des compétences au travail fut promulguée, Chris vit une nouvelle opportunité. Le sport lui avait appris que les statistiques peuvent être influencées par l'environnement du joueur. Michael Jordan aurait-il gagné autant de titres de champion et obtenu la meilleure moyenne de points en carrière de l'histoire, sans ses coéquipiers et les systèmes de son coach ?

Chris entraîna Mathieu en le mettant dans les bonnes conditions sur son lieu de travail. Ainsi lorsqu'il préparait un burger, il devait s'assurer que tous les ingrédients étaient disponibles, avant de commencer la phase de préparation chronométrée. Mathieu apprit à optimiser plusieurs statistiques stratégiques comme l'assiduité, la satisfaction des clients et bien sûr sa vitesse d'exécution. Il fut ensuite assez simple pour le logiciel de la CNIL de calculer la part de chiffre d'affaires généré grâce à Mat.

C'était cette statistique que Chris visait, celle qui ferait de son poulain une star. Le jeune cuisinier réalisait à lui seul 17% de la marge de son restaurant et 5% du chiffre d'affaires national du groupe. Avec ces données, Chris n'eut aucun mal à obtenir une nette augmentation pour son jeune protégé. L'agent n'oubliait pas d'alimenter les réseaux sociaux de Mathieu et engagea un community manager. Son influence sur Internet, en particulier chez la cible de son employeur, permit au jeune d'accroître encore sa contribution aux ventes.

L'ascension fulgurante de Mathieu, passé de simple préparateur de fast-food à star des réseaux, accompagnée d'une augmentation significative de ses statistiques, attirèrent l'attention du gouvernement. La Réforme du Travail était sous le feu des critiques, même au sein du camp du ministre. Mathieu était le meilleur exemple de l'efficacité de la nouvelle loi, elle lui avait permis de se faire un nom et de gravir l'échelle sociale grâce à son travail.

Chris fut contacté par l'équipe du ministre pour une campagne de communication centrée autour de son client. Mathieu devint Mat'Stat et sa carrière de superstar fut lancée.

L'agent le fit quitter la restauration pour devenir consultant en communication. Son poulain n'était pas un spécialiste du domaine, ni de grand-chose d'ailleurs, mais la publicité faite autour de lui suffit à améliorer le chiffre d'affaires de ses partenaires.

Pour le distinguer des autres égéries, comme les sportifs ou les acteurs, capables de véritables prouesses, Chris eut l'idée de mettre en exergue la capacité de Mat à rendre ses collaborateurs meilleurs. Il lui apprit à utiliser son image de célébrité pour inspirer les autres salariés de ses employeurs. L'agent communiqua alors sur l'effet Mat'Stat, soit le fait que les statistiques et la motivation de la majorité des employés augmentaient lorsque la star rejoignait les effectifs d'une entreprise.

Tout le monde s'arracha le roi des stats et Chris put faire monter les enchères. L'agent, anciennement SDF, était devenu le représentant le plus craint du pays et le plus riche.

Il lui restait pourtant un dernier objectif à atteindre, réussir où son père avait échoué.

Le succès de Mat avait duré plusieurs années, mais même les meilleurs finissent par décliner. Chris savait qu'un jour, une star plus jeune prendrait sa place et son but était de devenir l'agent de ce nouveau champion.

L'ironie de la vie œuvra encore et ce fut grâce à Mat qu'il découvrit sa nouvelle pépite, sur une photo de cookies. Elle avait beau le faire patienter aujourd'hui, Mélodie avait un plus grand potentiel que le jeune homme. Elle comprenait vite, était téméraire et surtout bien plus ambitieuse.

Dès qu'elle le rejoindra enfin dans les bureaux de Power, ils signeront ensemble ce partenariat à cinq millions d'euros. Mélodie deviendra l'égérie officielle de la marque et elle sera la tête d'affiche des campagnes internationales. Par son biais, l'agent mettra la main sur le marché américain, que son père n'avait jamais réussi à rejoindre en tant que joueur.

Chris aura ainsi eu sa revanche.

Qu'est-ce qu'elle fout ?

L'agent vapotait nerveusement dans le couloir attenant à la grande salle de réunion où l'attendait la direction française de Power. Son téléphone sonna et Chris décrocha sans vérifier l'émetteur.

— T'es où ?

— C'est moi Chris, c'est Éric.

Parelli ? Qu'est-ce qu'il me veut ? C'est vraiment pas le moment.

— Tu sais où est Mélodie ?

— Au poste de police, elle vient de se faire arrêter, répondit le chef d'entreprise.

Chris laissa tomber sa cigarette électronique par terre.

— Quoi ? Pourquoi ? Qu'est-ce qu'elle a fait ?

— La police a trouvé de la cocaïne dans son bureau.

Le sang de l'agent se glaça. Il tourna le dos au comité de direction qui s'impatientait dans la salle de réunion.

— Comment la police a… Éric, ne me dis pas que…

— Je crois bien que si.

Il raccrocha et posa la main sur le mur. Chris suffoquait dans son costume, il avait besoin de reprendre ses esprits.

— Christophe, avez-vous des nouvelles de Mélodie ? Nous n'allons pas pouvoir l'attendre toute la journée, demanda le directeur général de Power, du fond de la salle de réunion.

Les pensées se bousculaient dans sa tête, même si Mélodie était négative à la cocaïne, le simple fait d'en posséder était répréhensible par la loi. Power ne prendrait aucun risque après le scandale de l'affaire Mat'Stat.

Il faut que je gagne du temps.

Il entra dans la salle de réunion et posa ses deux mains sur la table, face au directeur général et ses conseillers.

— Mélodie a… un contretemps, je suis vraiment désolé, est-ce qu'on pourrait reporter la signature de quelques heures ?

Le téléphone du dirigeant émit un bip. Il lut le message et reposa son appareil sur la table.

— Je crains que ce ne soit plus qu'un contretemps, Christophe. On vient de m'informer que Mélodie est en état d'arrestation pour détention de cocaïne, c'est une fâcheuse tendance chez vos clients. Vous comprendrez que Power ne peut pas s'engager avec une personne suspectée d'être dopée, pas une seconde fois.

Chris leva les mains.

— Attendez au moins les tests ! Je vous garantis qu'elle est négative ! Pourquoi se serait-elle dopée après ce qui est arrivé à Mat ? C'est une erreur !

Le directeur général se leva, imité par ses conseillers.

— Peu importe, nous ne souhaitons pas être une nouvelle fois au centre d'une polémique de dopage. L'affaire Mat'Stat a été catastrophique pour nos résultats, nous ne prendrons aucun risque.

Avant de quitter la pièce, le dirigeant se retourna vers Chris.

— Inutile de nous faire perdre notre temps avec une nouvelle personne, nous n'engagerons pas vos clients pour représenter Power.

Chris tourna les talons et marcha à grandes enjambées vers sa voiture. Il démarra et partit à toute vitesse au commissariat. Il devait sortir Mélodie de cette situation avant que tout le monde ne se déchaîne sur elle.

Bordel de merde, je savais que cette Magalie n'était pas fiable !

31

Ghislaine déjeunait seule, comme à son habitude, dans un coin de la grande salle de The Shop, face à la télévision. La veille, elle avait été aux premières loges, depuis son poste de travail à côté de la fenêtre, pour voir la police embarquer Mélodie, menottes aux poignets. Il ne fallut pas longtemps avant que Magalie ne fanfaronne, tout sourire, dans le service client. Ghislaine ignorait ce qu'elle avait fait, mais la responsable était fière de son coup.

Parelli était descendu furieux de son bureau et avait convoqué Magalie sur le champ. La manager était revenue au bout d'une heure, toujours aussi satisfaite, tandis que le PDG resta enfermé dans son bureau toute la journée.

BFM Business diffusait en boucle la sortie de garde à vue de Mélodie, accompagnée de son agent. Il défendit sa cliente devant les caméras en mentionnant un complot sur fond de jalousie pour faire tomber Mélodie, de la même manière que Mat'Stat. La chaîne d'informations en continu dévoila qu'aucune trace de drogue ne fut retrouvée sur ses vêtements et sa peau, il n'y avait pas non plus ses empreintes sur le sachet de cocaïne. Les résultats des tests antidopage s'avérèrent tous négatifs et les haters qui s'étaient rués sur les réseaux sociaux pour insulter Mélodie furent contraints de supprimer leurs posts, sous peine d'être eux-mêmes pris pour cible.

Ghislaine termina son repas rassurée et se permit un petit sourire narquois à Magalie en revenant à son poste. Elle s'apprêtait à répondre au premier message du tchat de l'après-midi lorsqu'elle reçut un appel de Mélodie. Elle décrocha après un regard furtif en direction du bureau de la responsable du service client.

— Ghislaine, j'ai besoin de ton aide, lui dit Mélodie.

La conseillère client soupira, elle n'avait aucune envie de participer à la guerre désormais ouverte entre les deux femmes. Le conflit prenait une ampleur trop grande pour elle et Ghislaine ne voulait surtout pas de perturbation dans son quotidien, pas même le départ de sa responsable. Elle connaissait Magalie depuis longtemps et craignait de tomber sur pire.

— Comment puis-je t'aider ? murmura Ghislaine sans conviction.

— Si je me souviens bien, tu es une experte en PNL ?

— En quoi ?

— En base de données, je ne sais plus comment ça s'appelle ton truc.

— SQL.

— Oui voilà, c'est ça, bref, penses-tu pouvoir te connecter à la base de données de The Shop et chercher une preuve qui impliquerait Magalie dans cette histoire de cocaïne ?

C'était ce que Ghislaine craignait, une demande qui l'impliquerait personnellement dans cette opposition.

— Tu cherches quoi au juste Mélo ? Le plan machiavélique que Magalie aurait rédigé sous Word et enregistré sur le serveur de l'entreprise, au cas où elle aurait un trou de mémoire ?

— C'est très sérieux Ghislaine ! Je ne sais pas ce qu'il faut chercher. Tu n'as pas la possibilité de récupérer les vidéos des caméras de sécurité ? N'importe quoi qui serait suspect.

Tu regardes beaucoup trop de films, Mélodie.

— Mélodie, tu te rends compte de ce que tu me demandes ? Comment veux-tu que je…

— Ghislaine ?

— Attends, je crois que j'ai une idée.

Elle pouvait peut-être venir en aide à Mélodie sans se compromettre. Ghislaine ouvrit son navigateur, se déconnecta de son compte Gmail et sélectionna celui d'Éric Parelli. Elle n'eut pas besoin d'entrer le mot de passe, il était préenregistré. Puisque Ghislaine était une des rares conseillères client avec de l'ancienneté et qu'elle ne posait jamais d'arrêt maladie, il lui avait été confié la mission de modifier les horaires du service client sur la fiche d'établissement Google My Business de l'entreprise, avant chaque jour férié. Parelli avait créé cette fiche en même temps que sa société et n'avait jamais changé l'adresse email d'administration. Jusqu'à l'arrivée de Ghislaine, c'était Magalie qui gérait ces horaires, une tâche qu'elle lui délégua en lui transmettant aussi les identifiants de la boite email personnelle du PDG.

Comme de nombreux professionnels avertis, Éric Parelli ne faisait jamais le ménage dans sa boite email qui comptabilisait plusieurs milliers de messages non lus. Ghislaine parcourut les emails en réfléchissant à ce qu'elle devait rechercher. Les échanges avec Magalie devaient être innombrables, si aucun tri n'avait jamais été fait.

Qu'est-ce que je suis en train de faire ? Je ne trouverai jamais rien dans cette boite email. Pourquoi Magalie enverrait un email à Parelli pour lui dire quoi que ce soit alors qu'elle couche avec ?

Elle jeta un nouveau regard vers sa responsable, elle était au téléphone, les pieds sur son bureau.

En même temps, ces deux-là sont assez stupides pour s'envoyer des emails compromettants.

Ghislaine avait vu tellement d'absurdités dans la gestion de The Shop que plus rien ne pouvait l'étonner. Elle filtra les emails en ne retenant que ceux qui mentionnaient Mélodie. Son amie était directrice depuis peu, la liste fut donc réduite. Elle exclut tous les messages envoyés à Mélodie, elle ne serait certainement pas dans la boucle des échanges qu'elle cherchait. Ghislaine trouva de nombreux emails de plainte de Magalie, mais tous dataient d'avant l'activation de l'option de la jeune femme et s'arrêtaient peu après. À partir de cette date, plusieurs destinataires, des chefs d'entreprises a priori, proposaient des transferts de Mélodie à Parelli.

— Alors ? Tu trouves quelque chose ? demanda Mélodie toujours au bout du fil.

— Patience, murmura Ghislaine, ça prend du temps de pirater la base de données.

— Ok, je te laisse bosser.

Ghislaine leva les yeux au ciel et poursuivit sa lecture. Une adresse email retint son attention, celle de Chris qu'elle venait de voir aux informations. Elle réduisit encore la liste en ne conservant que les messages de l'agent. Parelli et lui s'envoyaient des emails depuis leurs téléphones comme si c'étaient des SMS pour convenir de rendez-vous et semblaient se voir assez régulièrement depuis quelque temps.

Et c'est moi qu'on traite de vieille ? S'ils avaient utilisé Whatsapp, tous leurs messages seraient cryptés. Qu'est-ce qu'ils sont cons.

Après avoir ouvert plusieurs emails, elle trouva enfin ce qu'elle cherchait.

— Merde, c'est pas vrai ! s'exclama la conseillère clientèle.

— Qu'est-ce qui n'est pas vrai Ghislaine ? répondit Magalie derrière elle.

La responsable avait quitté son bureau et était doucement arrivée dans son dos pendant que Ghislaine lisait les emails de Parelli. Elle sursauta et renversa son café sur la manager.

— Putain Ghislaine, c'est pas possible d'être aussi gourde ! J'en ai partout !

— Je...

— C'est bon, n'aggrave pas ton cas, il est 14h15 et tu n'as toujours pas traité de message entrant de client, alors tu arrêtes de glander et tu t'y remets tout de suite.

Magalie partit chercher de quoi nettoyer la tache de café sur son tailleur. Ghislaine en profita pour transférer l'email à Mélodie. La jeune femme avait raccroché en entendant la voix de Magalie, elle la rappela aussitôt.

— Je n'ai pas les mots, Ghislaine, c'est pire que ce que je pensais. Comment as-tu obtenu cet email ?

— J'ai accès à la messagerie de Parelli, Magalie m'avait donné les identifiants pour que je change les horaires sur Google. J'ai juste fait une recherche.

— Ok, donc tu étais autorisée à voir ces messages, légalement, c'est une preuve utilisable. Tu aurais même pu être considérée comme complice si tu n'avais rien fait.

— Ah bon ?

— Oui, mais ce n'est pas le cas. Ne t'inquiète pas, je prends les choses en main maintenant et ne parle à personne de ce message. Merci infiniment Ghislaine, je savais que je pouvais compter sur toi, t'es une vraie hackeuse.

C'est ça oui, une hackeuse.

32

Quelle conne !

Jamais Éric Parelli n'aurait imaginé Magalie capable d'une telle bêtise. Elle avait rempli son rôle à la perfection et elle fichait tout en l'air, par jalousie.

Mélodie devait exporter The Shop aux États-Unis, c'était le deal passé avec son agent. Mat avait préparé le terrain, mais il n'avait pas l'étoffe pour devenir une star internationale et son anglais était lamentable, malgré tous les efforts de Chris. Les américains ne veulent pas d'une célébrité vieillissante en France, ils aiment le sang frais, de la jeunesse capable de s'adapter à leur culture. Mélodie possédait toutes les qualités pour séduire les consommateurs d'outre atlantique et faire entrer The Shop sur l'un des plus gros marchés du monde. Éric avait accepté de prolonger la jeune femme au prix fort pour cet unique objectif.

Leur plan était sans accroc, Mat'Stat avait été écarté, la voie était libre pour que Mélodie devienne une célébrité aux États-Unis grâce à Power et The Shop n'aurait qu'à suivre sa directrice de la communication. Éric avait déjà commencé à regarder les biens immobiliers à San Francisco pour implanter son nouveau siège et s'installer au milieu des milliardaires. Tout se serait déroulé comme prévu si Magalie s'en était tenu au plan et n'avait pas laissé libre cours à ses émotions.

Que faire à présent ? Chris s'était précipité au commissariat pour défendre sa poule aux œufs d'or, mais il restait injoignable.

Depuis l'arrestation de Mélodie, le patron s'enfermait dans son bureau pour réfléchir. S'il transférait Magalie, l'imprévisible responsable du service client risquait de le dénoncer aux autorité ou pire, à sa femme. Éric devait à tout prix dissuader Mélodie de s'en prendre à son ancienne manager. Il chercha le moyen de camoufler l'achat de son silence dans les comptes de l'entreprise, sous forme d'une prime exceptionnelle, mais sans pouvoir contacter Chris, il n'avait aucune idée du montant nécessaire pour que la jeune femme accepte d'enterrer la hache de guerre.

Il repensa à son entrevue de la veille avec Magalie. Elle était restée impassible et visiblement sans regret lorsqu'il lui avait expliqué, non sans hurler, les conséquences de ses actes pour le développement de l'entreprise.

« Il n'y a que ça qui t'intéresse comme toujours, ton entreprise », lui avait-elle répondu.

Pourquoi ne comprenait-elle pas que The Shop la faisait vivre elle et tous les autres ? Pourquoi n'était-elle jamais reconnaissante envers lui ? Le PDG s'inventait des séminaires pour l'emmener en week-end dans des endroits fabuleux. Il lui offrait des bijoux et lui versait régulièrement des primes, mais ce n'était jamais assez. Magalie en voulait toujours plus et lui reprochait de passer après son véritable amour, son entreprise.

Depuis l'arrivée de Mélodie, la responsable du service client était sans cesse en manque d'attention. Pourquoi avait-il fallu qu'elle prenne sa recrue prodige pour cible parmi toutes les autres femmes salariée de The Shop ?

« Elle est trop ambitieuse, tu verras, elle causera ta perte. »

Pour le moment Mélodie était l'une des raisons principales du succès de la boîte. Engager Mat'Stat permit de donner un peu de répit à l'entreprise qui croulait sous les dettes à cause d'une mauvaise stratégie de départ. Éric avait voulu battre la concurrence en achetant de nombreux entrepôts pour réduire les temps de livraison, mais les français étaient en réalité prêts à patienter pour payer moins cher leurs commandes. Éric aligna ses prix avec ceux du marché, recruta des conseillers clientèle, mais ses charges demeuraient trop élevées et il n'arrivait pas à revendre ses entrepôts à bon prix.

La percée de Mélodie fut une aubaine et malgré son coût, elle était en mesure de maintenir les résultats de Mat'Stat et même de les améliorer. The Shop était désormais connu dans tout le pays et se rapprochait enfin du retour à l'équilibre. Plus la jeune femme devenait célèbre, plus les finances s'assainissaient et Éric rêvait à nouveau d'expansion à l'international.

Il fallait juste s'assurer que Magalie ne pose plus de problème et que l'échec de la négociation avec Power ne soit qu'un contre-temps à ses projets. Le patron perdu dans ses pensées sursauta lorsqu'on frappa à la porte.

— Oui ? Entrez.

Un homme pénétra dans le bureau, accompagné de deux policiers. Éric sentit son sang se glacer lorsqu'il lui présenta sa carte d'officier.

— Monsieur Parelli, Lieutenant Villeneuve, je cherche madame Magalie Guichard, je dois l'emmener au poste pour lui poser quelques questions.

Le patron soupira, Chris n'avait visiblement pas réussi à convaincre Mélodie de se taire.

— Vous la trouverez au premier étage, au fond du couloir en prenant sur votre droite après l'escalier, au service client, c'est la grande blonde.

L'un des agents en uniforme sortit du bureau.

— Vous souhaitez autre chose ? demanda le PDG.

Le lieutenant s'écarta et désigna l'ouverture de la porte d'un mouvement de tête.

— Vous allez devoir nous suivre, vous aussi, monsieur Parelli.

33

La présidente du tribunal prit place à côté de ses assesseurs et ouvrit la séance. La juge avait accepté, malgré elle, la retransmission en direct du procès à la télévision et sur plusieurs plateformes Web. Des confrères lui avaient dit qu'un peu plus de médiatisation lui permettrait d'améliorer ses statistiques.

« C'est un procès sans précédent, Christine, c'est le moment de te faire un nom. »

Pour la magistrate, ce n'était rien de plus qu'une affaire de dopage sur fond de rivalité, mais puisqu'une star en était la cible, le dossier prenait une grande ampleur, inutile et démesurée selon la juge. Mélodie n'avait pas seulement porté plainte contre son ancienne responsable pour lui avoir tendu un piège, elle avait aussi accusé son agent et son patron d'être complices du dopage de Mat'Stat et d'avoir une responsabilité dans son suicide.

Christine détestait les scénarios de film. La vérité était souvent bien plus simple et elle soupçonnait Mélodie de surtout vouloir faire du buzz en ramenant la star décédée au cœur des débats. Pour la présidente du tribunal, vouloir faire témoigner un mort était un aveu de faiblesse de ses arguments et pour couronner le tout, Mélodie avait choisi de se défendre elle-même, sans solliciter l'assistance d'un avocat. Un affront pour toute la profession juridique.

La juge regarda la représentante de la défense.

Elle aussi est là pour se faire un nom.

Maître Jeanne Heiling était un peu jeune pour ce procès médiatisé, son stress était palpable. Christine s'attendait à ce qu'elle cherche à humilier son adversaire pour prouver sa valeur et se faire une réputation.

Elle tourna la tête vers Mélodie. Elle paraissait sereine, visiblement peu perturbée par les caméras, question d'habitude probablement. Peut-être avait-elle déjà gagné et que peu importe l'issue du procès, elle obtiendrait le buzz recherché.

Christine essuya ses lunettes, les mit sur son nez et ouvrit la séance.

Magalie Guichard fut la première appelée à la barre. Jeanne dressa le portrait d'une personne loyale et pleinement engagée dans l'entreprise qui l'employait. La responsable du service client confia s'être sentie menacée par l'ambitieuse Mélodie, prête à tout pour satisfaire ses grandes ambitions. Magalie ne put cependant nier l'évidence puisque ses empreintes avaient été retrouvées sur le sachet et le bureau de Mélodie. Elle avait aussi été testée positive à la cocaïne.

Magalie avoua avoir voulu tendre un piège à Mélodie en s'inspirant de l'affaire Mat'Stat, mais son avocate insista sur le fait qu'elle ne souhaitait qu'une chose, obtenir le licenciement de son ancienne conseillère clientèle, pour protéger The Shop.

La juge donna la parole à Mélodie, mais elle n'eut aucune question à poser à Magalie. Christine n'insista pas, elle avait compris le piège tendu par Jeanne Heiling. La responsable du service client de The Shop était coupable de dopage et donc indéfendable. L'avocate comptait mettre la rivalité entre les deux femmes au centre du procès et sacrifier Magalie pour protéger les têtes pensantes et véritables cibles de Mélodie.

Ce fut au tour d'Éric Parelli de témoigner. Jeanne mit en lumière tous les sacrifices que le patron avait consenti à faire pour retenir Mélodie à la fin de son contrat et tous les avantages dont elle disposait actuellement. Elle mit en exergue le fait que le PDG, bien qu'au courant du conflit entre les deux femmes, n'imaginait pas Magalie capable de passer à l'acte et regrettait sincèrement de ne pas être intervenu plus tôt pour apaiser la situation.

— Quel intérêt aurait mon client à proposer un contrat maximum à Mélodie Diallo pour ensuite tenter de la faire condamner ? clama l'avocate de la défense. Un transfert lui aurait été beaucoup plus profitable, sans parler de la mauvaise publicité que The Shop subit avec ce procès très médiatisé.

— Merci maître Heiling, madame Diallo, avez-vous quelque chose à ajouter.

— Oui madame la juge.

Mélodie se leva et s'avança vers son patron.

— Monsieur Parelli, pourquoi n'avez-vous pas licencié Magalie Guichard suite aux résultats des tests antidopages, communiqués plusieurs semaines avant ce procès ?

— Je voulais attendre le procès pour disposer de tous les éléments avant de prendre une décision, répondit le chef d'entreprise.

— Vous dites que si je n'avais pas porté plainte, Magalie Guichard n'aurait jamais été licenciée de The Shop ? Pourtant, dans le règlement intérieur de l'entreprise, il est stipulé que tout délit de la part d'un salarié est sanctionné d'une rupture immédiate de son contrat de travail. Pourquoi ce traitement de faveur ?

— Ce n'est pas simple de licencier une cadre comme Magalie, elle est responsable du service client, elle est importante pour l'entreprise.

— N'est-ce pas plutôt parce que vous entretenez une liaison avec elle ?

Le patron de The Shop se figea.

— Cette liaison est un secret de polichinelle chez The Shop, poursuivit Mélodie, est-ce la raison pour laquelle Magalie Guichard n'a jamais été inquiétée lors de mon premier signalement pour harcèlement et qu'aujourd'hui vous décidez de fermer les yeux sur un délit puni par la loi ?

— Non, cela n'a rien à voir, dit Parelli.

— Vous admettez donc avoir une liaison avec Magalie Guichard.

— Je…

Éric Parelli chercha sa femme des yeux, au fond de la salle d'audience, mais elle était déjà partie.

— Oui, mais cela n'a jamais entravé mon travail.

— Je n'ai pas d'autres questions, Madame la Présidente.

La juge remercia le patron de The Shop et convia Chris à la barre. Jeanne mit en avant tout ce que l'agent avait réalisé pour Mélodie et les nombreux bénéfices obtenus par la jeune femme grâce à leur collaboration.

— Monsieur Christophe Richaud, vous connaissez bien Mélodie Diallo, comment la décririez-vous ? demanda l'avocate.

— C'est quelqu'un d'insatiable, à l'égo démesuré, répondit-il les bras croisés, elle jalousait Mat et ne désirait qu'une chose, prendre sa place. Au début, j'aimais bien son ambition, mais j'ai fini par lui dire qu'il valait mieux jouer en équipe, que Mat ne supporterait pas la concurrence. Elle s'en fichait.

Mélodie se retint de hurler. Cette enflure de Chris allait lui mettre le suicide de Mat sur le dos.

— Vous pensez que Mathieu Comtois s'est dopé à cause de Mélodie ? renchérit Jeanne.

— C'est certain, dit-il aussitôt, Mat n'arrêtait pas de me demander comment il pourrait la tenir à distance. Il avait eu la gentillesse de l'aider, de la prendre sous son aile et elle s'en est servie pour le détruire. Maintenant, c'est le tour de Magalie, elle sait comment éliminer ses rivaux, si on ne fait rien, je serais probablement le prochain.

Jeanne remercia son client et retourna s'asseoir. La juge invita Mélodie à poser ses questions à son agent.

— Christophe, niez-vous m'avoir appelée une semaine après la garde à vue de Mat pour me proposer un contrat de cinq millions d'euros avec la marque Power ?

— Absolument pas, contrat que tu t'es empressée d'accepter, sans surprise. J'ai toujours les photos que tu as prises en vacances en Grèce avec des bouteilles Power pendant que Mat vivait l'enfer ici, répondit-il sèchement.

— Et contrat que j'ai décidé de ne pas signer. Combien vous aurait-il rapporté ? Au moins 750 000 euros, si vous n'avez pas négocié une meilleure commission. Mat n'a jamais pu vous obtenir une telle somme avec un seul contrat, vous me l'aviez dit, il n'avait pas le potentiel. Finalement n'était-ce pas une aubaine pour vous que Power se sépare de Mat ? dit-elle en se penchant près de lui.

Christine observait la scène avec attention, le procès devenait enfin intéressant.

— C'est vrai, avoua-t-il, j'ai vu une opportunité de te faire gagner de l'argent et de te mettre à l'abri avec ce contrat. Après ce qui s'est passé avec Mat, je voulais te protéger. J'aurais préféré que rien de tout cela n'arrive et que Mat soit encore l'égérie de Power, mais c'est mon travail d'agent d'être pragmatique et de représenter tous mes clients. Tu avais un plus grand potentiel que Mat, mais j'ai sous-estimé ton ambition et je suis tombé dans ton piège. Comme je viens de le dire cela ne te suffit pas, tu veux en plus nous faire condamner, ton ancienne chef, ton boss et moi. Tu dois avoir un sérieux problème d'estime de toi pour être aussi machiavélique.

Mélodie recula d'un pas et changea de sujet. Jeanne sourit.

— D'après votre relevé téléphonique, consulté par la police lors de son enquête, vous avez appelé un centre antidopage deux jours avant le contrôle de Mat, pourquoi ?

— Je le fais à chaque fin de mission, répondit Chris toujours avec la même assurance. Quand on est une star comme Mat'Stat, les gens ont toujours des doutes sur les performances, alors je demande un test. Ça montre qu'on est coopératif et ça permet de lever tout soupçon avant que la presse n'ébruite de fausses rumeurs. Si j'avais été au courant que Mat se droguait, je n'aurais jamais fait ça.

— Sauf si vous vouliez vous disculper et piéger Mat.

Mélodie se rapprocha de Chris, l'agent la fixait sans broncher, elle se tourna vers Christine.

— Madame la Présidente, mesdames et messieurs du tribunal, je souhaiterais vous lire l'un des emails que la police a pu retrouver dans la messagerie d'Éric Parelli et dont l'auteur est Christophe Richaud.

— Elle n'a pas le droit !

— Asseyez-vous monsieur Parelli, vous savez que la pièce à conviction de madame Diallo a été jugée recevable, déclara la présidente. Vous avez délibérément donné accès à vos emails à des personnes qui ont transmis ces informations à la police.

Parelli s'assit, enleva ses lunettes et plongea son visage dans ses mains.

— Je reprends ma lecture, poursuivit Mélodie, cet email a été envoyé trois jours avant le contrôle antidopage de Mathieu Comtois.

La voix de Mélodie tremblait en lisant la feuille de papier dans ses mains. Elle connaissait le message par cœur, mais chaque lecture était plus douloureuse que la précédente.

Éric,

C'est fait, j'ai convaincu Mat et Magalie lui a donné le sachet.
Elle a dû lui montrer comment en prendre lol, mais ne t'en fais pas les flics ne remonteront jamais jusqu'à elle.

J'ai préparé le terrain avec Power, dès que c'est réglé pour Mat, je leur présente Mélodie et à nous les States !

Chris

Mélodie relut l'email une seconde fois pour que toute l'assemblée et les téléspectateurs l'aient en mémoire et s'accorda quelques secondes de silence.

— Je n'ai pas d'autre question Madame la Présidente.

34

— Tu penses être à la hauteur Jeanne ?

— Oui, c'est une affaire simple et je connais bien la plaignante.

— Ce n'est jamais simple quand c'est médiatisé.

Jeanne observait Mélodie regagner sa chaise avec assurance. Comment faisait-elle pour être aussi sûre d'elle-même en toute circonstance ? L'avocate était nerveuse, elle essayait de ne pas penser aux enjeux de ce procès. Elle avait travaillé dur pour franchir les 70% de victoire de moyenne dans les affaires qu'elle défendait. Jeanne avait rejoint un grand cabinet d'avocats parisien, à la fin de ses études et n'avait pas le droit à l'erreur. Faire tomber une célébrité était le meilleur moyen d'en devenir une elle-même et d'obtenir la reconnaissance de ses confrères.

Mélodie était douée et avait du style, mais elle n'avait pas fait d'école comme Jeanne. Après tant d'années passées dans l'ombre de son amie à la faculté, elle allait enfin pouvoir lui montrer qu'elle était la meilleure.

Depuis toujours, tout tournait sans cesse autour de Mélodie. Les médias n'avaient d'yeux que pour elle dans leurs articles qui relataient cette affaire, mais ce sera bientôt terminé. Les autres avocats du cabinet la traiteront enfin comme une égale et elle n'aura plus le sentiment d'avoir volé la place de sa vieille amie. Jeanne allait gagner ce procès et prouver qu'elle mérite son titre d'avocate.

Elle se leva et avança vers la juge, se retourna, regarda l'assistance et les caméras, puis sa rivale de toujours. C'était son moment, celui de l'estocade. Mélodie avait beau avoir des millions de followers, une vie de rêve malgré son échec à la draft, Jeanne allait de nouveau l'humilier.

— Madame la Présidente, mesdames et messieurs du tribunal, peu d'entre vous doivent le savoir ou même s'en souvenir, mais Mélodie Diallo aspirait avant tout à devenir avocate. Il y a quelques années encore, elle était pressentie pour devenir numéro un de la draft des écoles d'avocats, mais un scandale brisa ses rêves. Elle a depuis développé une rancœur égale à son ambition et son arrogance. Aujourd'hui, si elle se tient devant nous, ce n'est pas pour rendre justice, c'est pour se venger. Se venger de son ancienne responsable, se venger de son patron, pour ne pas l'avoir soutenue, se venger de son agent, parce qu'elle n'a pas pu prendre la place de Mat'Stat comme égérie de Power et se venger de la justice en essayant de nous humilier. Mélodie Diallo se défend elle-même pour nous montrer à quel point elle est meilleure que nous, même sans formation, ni expérience d'avocat. Alors oui, elle est talentueuse, mes clients sont unanimes. Ils ont été séduits par sa personne, ses motivations et lorsqu'ils se sont rendu compte de son ambition sans limites, il était trop tard. Cet email était une ultime tentative d'aider Mat'Stat. Oui mes clients se sont associés et ont donné de la cocaïne à Mathieu Comtois, à sa demande, pour l'aider. C'était une erreur qu'ils regrettent, mais leur premier objectif était de former un duo d'égéries pour Power, Mat'Stat en France et Mélodie aux États-Unis, rien de plus. Christophe Richaud n'a pas réussi à protéger Mathieu, de lui même et de Mélodie. Ce n'est pas un client qu'il a perdu, c'est un fils. Éric Parelli a tout donné à madame Diallo et le voici devant vous, sur le banc des accusés, pour avoir osé lui faire confiance. Magalie Guichard était la seule à voir clair dans son jeu, elle a tenté de protéger, à sa manière, son entreprise et son patron. Elle a commis une autre grave erreur, elle a voulu rendre la monnaie de sa pièce à Mélodie Diallo, mais elle n'a jamais voulu la doper. Elle ne souhaitait rien d'autre que son départ de l'entreprise. Madame la Présidente, mesdames et messieurs du tribunal, nous pouvons dire non à cette manipulatrice. Nous pouvons lui montrer que son statut de célébrité ne lui donne pas tous les droits, que la justice ne saurait se faire influencer par une influenceuse, qui a décidé de détruire la vie de trois personnes pour satisfaire ses ambitions. Merci.

Jeanne retourna s'asseoir en fixant la caméra, satisfaite. Magalie serait condamnée, mais Mélodie avait fait l'erreur de croire qu'elle pourrait nuire facilement à ses autres clients.

35

— Madame Diallo, si vous souhaitez prendre la parole, elle est à vous, dit Christine.

Mélodie se leva et prit la place de son adversaire. Elle avait si souvent rêvé de plaider devant un tribunal, la voilà en train de se défendre elle-même, pour son premier procès. Toutes ces années à s'entraîner dans sa chambre, puis en classe lui revinrent en mémoire. Après la draft, elle s'était efforcée d'oublier, mais à présent Mélodie le sentait, elle était à sa place, au centre du tribunal. Jeanne semblait toujours la jalouser, pourtant la directrice communication de The Shop donnerait tout ce qu'elle possède, pour porter sa robe d'avocate.

Les regards et les caméras étaient braqués sur elle, attendant qu'elle assure le spectacle. La foule voulait du sang, du sensationnel, Mélodie n'était qu'un énième divertissement pour une société de consommation insatiable. La jeune femme leva la tête, elle comprit enfin le message de Mat, lors de leur dernière entrevue chez lui.

— Marc-Aurèle a écrit : « Je suis souvent étonné de voir combien chacun s'aime lui-même plus que tout et pourtant, tienne moins compte de son propre jugement sur lui-même que celui des autres. »

Mélodie marqua une pause à la fin de sa citation.

— Madame la Présidente, mesdames et messieurs du tribunal, je ne suis pas venue vous humilier et le jugement que vous prononcerez contre les prévenus et moi-même m'importe peu.

Nouveau silence, elle reprit son discours en marchant au milieu de son auditoire.

— Ce procès n'est pas celui d'une femme jalouse, d'un patron idiot ou d'un agent cupide. C'est celui d'un mal qui nous atteint tous, notre besoin de nous comparer les uns aux autres. Les réseaux sociaux, et maintenant les statistiques, nous poussent à travailler notre image au détriment de nos compétences. J'en suis personnellement la preuve, je suis passée de conseillère clientèle à directrice de la communication, non pas grâce à mes études, ni à la qualité de mon travail, mais après avoir optimisé mon image. C'est ce que m'a enseigné mon ami Mathieu et j'ai mis beaucoup trop de temps à comprendre sa dernière leçon.

Elle s'arrêta et fixa l'objectif de la caméra.

— La cocaïne n'est pas la cause de la chute de Mathieu Comtois, il est mort d'une autre drogue, les réseaux sociaux. Il a été tué par le déchaînement de la foule qui l'adulait la veille, il a été tué par Mat'Stat, il a été tué par Christophe Richaud, avec la complicité d'Éric Parelli et de Magalie Guichard, mais c'est toute notre société qui est fautive. Mathieu a été contraint de jouer un rôle en permanence et de toujours en faire plus pour satisfaire ses followers, ses employeurs, ses sponsors et son agent. Mat'Stat est un personnage créé de toute pièce par Christophe pour maximiser sa rentabilité.

Chris était imperméable au mal-être de son client, il le poussait à faire toujours plus d'efforts, à aller plus haut, contre sa volonté. Mathieu était pris au piège dans une spirale infernale, il était seul, sans échappatoire, puisqu'il devait honorer tous les contrats que son agent signait pour lui. Christophe sentait qu'il était à bout et que bientôt Mathieu ne serait plus en mesure de satisfaire ses exigeants employeurs et followers. Il élabora donc un plan avec Éric Parelli, celui de remplacer Mat'Stat par une nouvelle marionnette, moi en l'occurrence. Je comprends maintenant pourquoi Mathieu ne m'avait jamais parlé de Christophe et pourquoi il m'a conseillé de m'en méfier, peu avant sa mort. Cet homme est diablement efficace, il a su remodeler mon image et me faire gravir les échelons pour devenir Magic Mélo, un modèle de réussite très rentable.

Mélodie se tourna vers Samir.

— J'ai toujours détesté les influenceurs et pourtant, j'en suis devenue une. Je me revendiquais femme authentique et intègre, mais je vends mon image au plus offrant. J'ai honte de mes choix, honte de m'être laissée séduire par le succès et les promesses d'un agent. Le suicide de Mathieu n'est pas un acte de lâcheté, c'est un sacrifice pour nous avertir, nous tous.

Elle fit face aux accusés.

— Je ne suivrai pas le même chemin, je ne serai pas complice de ce coup monté et je ferai en sorte que personne ne subisse ce que Mathieu a vécu par votre faute.

Mélodie regarda Christine.

— Si j'ai porté plainte et que je suis devant vous, Madame la Présidente, mesdames et messieurs du tribunal, c'est pour rendre justice à mon ami Mathieu Comtois. Mat'Stat était toujours sous contrat avec Power et il était donc devenu un obstacle pour que Christophe Richaud et Éric Parelli concrétisent leur rêve américain. Ils lui ont donc tendu un piège afin de me libérer la voie. Christophe a convaincu Mathieu de prendre de la cocaïne, pour améliorer ses performances, probablement en lui assurant qu'il ne craindrait rien, mais il avait déjà programmé un test antidopage. Tout ce qu'il lui fallait, c'était un complice que personne ne connaissait. Magalie Guichard aurait fait n'importe quoi pour son patron et amant, alors elle a fourni de la cocaïne à Mathieu et en a pris avec lui. Lorsqu'elle comprit que le piège tendu à la star était en réalité pour me permettre de prendre sa place, elle voulut m'en empêcher. Magalie m'a donc tendu un piège en cachant de la cocaïne dans mon bureau et a appelé la police. Sans cette initiative de Magalie Guichard, le plan de Christophe Richaud et d'Éric Parelli aurait certainement fonctionné et j'aurais été prise, moi aussi, dans une spirale infernale, impossible à briser. J'aurais été riche et célèbre, jusqu'à ce que je craque et qu'ils me sacrifient, comme ils ont sacrifié Mathieu. Tout ceci pour les millions d'euros que peuvent générer des likes.

Mélodie s'approcha d'une caméra.

— Nous avons tous le pouvoir de cesser cette folie, en accordant davantage de valeur aux actes plutôt qu'aux publications, aux compétences plutôt qu'aux statistiques, aux humains plutôt qu'aux algorithmes. Mathieu Comtois était un homme altruiste, il se souciait davantage des autres que de lui-même. Sa gentillesse était sans égal, mais ça, vous ne pouviez pas le voir dans ses statistiques ou son profil Linkedin. Je vous remercie.

36

— Maxime Joubert bonsoir et merci de nous rejoindre sur le plateau du JT de TF1. Pour les rares téléspectateurs qui ne vous connaitraient pas, vous êtes le meilleur joueur professionnel de basketball du pays depuis de nombreuses années. Je ne vais pas faire la liste de votre palmarès, disons que vous avez tout gagné et que vous possédez un nombre incroyable de records, surtout pour vos statistiques. Bref, l'un des plus grands champions de notre histoire. Vous avez tenu à vous exprimer à la télévision, ce que vous faites rarement, pour parler du procès de Mélodie Diallo, diffusé en direct il y a quelques jours. Que souhaitez-vous nous dire ?

Maxime Joubert avait revêtu son costume des cérémonies. Il préférait son jogging, mais il craignait qu'une tenue trop décontractée ne desserve ses propos.

— Bonsoir, j'ai suivi le procès de Mélodie Diallo, comme tout le monde et j'ai bien aimé son point de vue sur l'image qu'on véhicule sur les réseaux sociaux. C'est quelque chose que j'ai peu à peu vu venir dans le sport, j'ai presque vingt ans de carrière maintenant et je remarque de plus en plus de similitudes entre le monde de l'entreprise et le sport professionnel.

— N'est-ce pas une bonne chose que les entreprises copient les valeurs du sport ?

— Tout dépend des valeurs, parce que le sport change lui aussi et subit l'influence des réseaux sociaux, entre autres.

La présentatrice plissa les yeux, posa son index sur son menton et tourna légèrement la tête vers la droite pour afficher son meilleur profil face à la caméra.

— Que souhaitez-vous dire par « le sport change aussi » ?

— Avant, dans le sport professionnel, on venait exercer notre métier. On s'entraînait en équipe, on jouait en équipe, on gagnait et on perdait en équipe. J'ai le sentiment qu'il y a plus d'individualisme maintenant, même dans les sports collectifs. Certains athlètes ne pensent qu'à leur carrière, à leurs statistiques, ce sont des influenceurs, ils passent plus de temps sur les réseaux sociaux qu'à la salle d'entrainement.

La journaliste passa sa main dans ses cheveux, en prenant soin de conserver son air captivé par son interlocuteur.

— Et pourquoi selon vous ?

— Parce qu'ils deviennent des stars, poursuivit Maxime, ou on leur met dans la tête qu'ils vont le devenir. Certains clubs vont chercher des gamins de douze ans à l'autre bout du monde et la première chose qu'on leur donne, c'est un agent. On leur apprend à être performant, non pas pour gagner, mais pour négocier les meilleurs contrats. Eux, tout ce qu'ils veulent, c'est être riches, célèbres et ça fonctionne !

— Si je comprends bien, vous trouvez que les sportifs ne font pas assez de sport ?

Elle chercha du regard le réalisateur de l'émission, qui leva le pouce pour la féliciter d'avoir trouvé cette tournure de phrase. Avec un peu de chance, elle serait reprise par la presse et la journaliste augmenterait sa statistique de créativité.

— Exactement, ils font des shootings, des pubs pour des marques, participent à des shows télévisés, aux événements de leurs sponsors, tout ça, c'est dans leurs contrats. Ils vendent des chaussures, des parfums, des sodas qu'ils ne boivent pas, des vêtements qu'ils ne mettent jamais... De plus en plus d'entreprises sponsorisent des clubs, on ne voit même plus le nom des équipes sur les maillots, il n'y a que des marques !

— Et selon vous, c'est une mauvaise chose pour le sport ?

— Ça tue le sport, tout simplement. Ok, le sport est un divertissement, mais c'est devenu une publicité géante. On s'éloigne complètement des vraies valeurs du sport, le travail d'équipe, le dépassement de soi, le respect.

La présentatrice changea de main pour soutenir son menton et posa l'autre sur sa hanche pour ne pas avoir l'air avachie sur la table. Le réalisateur lui fit non de la tête, elle se redressa aussitôt sur sa chaise.

— Et donc les entreprises s'inspirent des mauvaises valeurs ?

— Elles font des team buildings, elles engagent des coachs professionnels pour motiver leurs équipes, elles font même des sprints pour organiser leurs projets. Les gens postent des photos de leurs marathons sur Linkedin, tous les entrepreneurs disent se lever à 5 heures du mat pour faire du tennis avant d'aller bosser, tout le monde veut montrer qu'il est le meilleur dans son domaine sur les réseaux sociaux, mais moi ce que je vois ce sont des personnes en manque de reconnaissance qui veulent juste se donner une certaine image. Je pense que les gens ne s'inspirent pas des bonnes valeurs. Pour moi, l'humilité est la plus grande qualité car un athlète est surtout en compétition avec lui-même. Dans les entreprises, j'ai l'impression qu'on valorise ceux qui se font remarquer, ceux qui se mettent en avant et pas ceux qui travaillent pour le collectif.

— Vous rejoignez donc le discours de Mélodie Diallo, vous a-t-elle inspiré ?

— Je suis tout à fait d'accord avec ce qu'elle a dit au procès. Elle a mis des mots sur des idées que j'avais depuis un moment et je pense qu'elle a raison quand elle dit qu'il faut arrêter de se focaliser sur des statistiques ou les réseaux sociaux.

La journaliste hésita à poser plus de questions sur ce que pensait Maxime Joubert de Mélodie Diallo, mais elle se ravisa. Ses statistiques d'analyse journalistique étaient un peu en baisse en ce moment, il fallait qu'elle démontre sa capacité à discuter de sujets plus complexes.

— Pourtant, Maxime Joubert, les statistiques permettent de mesurer l'impact et la qualité du travail de chacun avec plus de justesse. Tandis que les réseaux sociaux démontrent la capacité à savoir communiquer et animer une communauté, ne pensez-vous pas ?

— Non, je ne suis pas d'accord, les stats dépendent beaucoup de l'environnement, des circonstances et pour moi, elles ne reflètent pas l'essentiel, comme les réseaux sociaux. Les coachs de sport le savent, il faut surtout des profils complémentaires pour former une équipe. Certains joueurs ont de très mauvaises statistiques, et pourtant sont nécessaires au collectif, mais ça ne se voit ni dans les données, ni sur les réseaux sociaux. Ces gens qui se dévouent à leur travail, qui font exactement ce que l'équipe a besoin qu'ils fassent et qui se sacrifient pour les autres, on ne les voit nulle part, ils ne gagnent pas de gros salaires, ils n'évoluent pas et c'est une fois qu'on les a transférés, qu'on réalise combien ils étaient importants.

Tant pis pour ses propres statistiques, la journaliste allait plutôt essayer d'obtenir une déclaration choc pour marquer les esprits.

— Les statistiques et les réseaux sociaux ne servent à rien alors selon vous, Maxime Joubert ?

— Non, je ne dirais pas ça non plus, mais il ne faut pas s'y fier aveuglément. Je pense que les stats tendent aussi à uniformiser les pratiques et c'est dommage parce que la diversité est une richesse. Au basketball, depuis qu'on a prouvé statistiquement que la meilleure équipe à trois points gagnait la plupart des matchs, tous les clubs et tous les joueurs se sont mis à tirer à trois points. Avant, il y avait des équipes avec des jeux différents, maintenant les rencontres sont devenues des concours à trois points. C'est pareil en entreprise, si vous voulez un job, il vous faut un réseau sur Linkedin, il vous faut poster des messages et jouer à l'influenceur, comme tout le monde. Si vous n'avez pas telle expérience ou telle compétence, voire tel diplôme, vous êtes fichu, peu importe ce que vous pouvez apporter de différent.

— C'est un discours assez surprenant pour quelqu'un qui possède les meilleures statistiques du championnat et un nombre conséquent de followers !

Elle rit aux éclats face à la caméra. Si elle ne pouvait ni augmenter ses statistiques, ni recueillir une phrase à scandale, il ne lui restait plus qu'à séduire son audience.

— Je vais vous dire quelque chose d'encore plus surprenant, répondit Maxime Joubert. C'est lorsque j'ai arrêté de regarder mes stats et que je me suis concentré sur mon jeu et mes coéquipiers, que j'ai commencé à gagner.

EPILOGUE

— Madame Mélodie Diallo.

Mélodie se leva à l'appel de son nom et se dirigea vers les magistrats. Deux ans plus tôt, elle se défendait elle-même dans ce tribunal. Elle se remémorait le verdict de la juge en marchant, six mois de suspension de travail pour dopage à l'attention de Magalie Guichard. Éric Parelli et Christophe Richaud avaient été relaxés. Mélodie n'avait pas été surprise, les charges contre eux étaient insuffisantes et personne n'avait véritablement contraint Mat à se doper. Néanmoins, s'ils ne furent pas condamnés au tribunal, la sentence des réseaux sociaux fut immédiate et sans appel. Les actionnaires de The Shop remercièrent Éric Parelli et Christophe Richaud dut se reconvertir dans l'immobilier, sous un autre nom.

Jeanne Heiling n'avait pas perdu son affaire, mais son duel face à son ancienne amie fut considérée comme une lourde défaite. Une humiliation qui la contraignit à quitter son cabinet d'avocat parisien pour aller exercer en province.

Samir, contre toute attente, avait passé un CAP petite enfance et avait décidé d'ouvrir une crèche axée sur le développement naturel des enfants, sans aucune statistique. Le succès fut immédiat et il prévoyait déjà d'ouvrir d'autres établissements pour répondre à la demande.

Mélodie souriait en se rapprochant de l'estrade. Elle avait démissionné de The Shop, juste après le procès et avait repris la main sur ses réseaux sociaux. Désormais, elle ne publiait que quelques messages, non pas pour se mettre en avant, mais pour aider les professionnels en détresse.

Suite au procès, elle avait été contactée par plusieurs écoles d'avocats, impressionnées par sa plaidoirie. Mélodie avait repris ses études et se donna une mission, représenter les professionnels plombés par leurs statistiques.

Elle leva la main droite devant Christine et prononça son serment en pensant à Mat.

— Je jure, comme avocate, d'exercer mes fonctions avec dignité, conscience, indépendance, probité et humanité.

NOTE AU LECTEUR

Cher lecteur,

Je me suis toujours amusé à imaginer qu'on applique les règles qui régissent le sport professionnel au monde de l'entreprise. Probablement parce que beaucoup de codes du premier sont repris par le second. Les coachs professionnels se multiplient, les entrepreneurs influenceurs aussi et certaines publications sur Linkedin pourraient être utilisées pour galvaniser une équipe sportive lors d'une mi-temps.

Toute la data science dans les ressources humaines et les notations dans les CV me portent à croire que je n'ai pas inventé grand-chose lorsque je parle de statistiques professionnelles.

J'ai voulu montrer le ridicule de certains messages publiés sur Linkedin en citant de vrais posts trouvés notamment grâce au compte Twitter Disruptive Humans of Linkedin. À l'exception de celui de Mélodie sur Noël, tous les messages sont authentiques, je ne les ai que très légèrement modifiés pour les intégrer à l'histoire.

The Shop est une référence au livre Quality Land de Marc-Uwe Kling dont j'ai beaucoup aimé le style, si vous aimez les parodies satiriques, je vous le recommande.

Le fait que Ghislaine ait accès à l'adresse email du patron parce qu'elle devait modifier les horaires de la fiche Google Business peut sembler invraisemblable, c'est pourtant du vécu.

Il est probable que j'aie fait des erreurs concernant le déroulement du procès, entre autres, je m'en excuse, mes stats en connaissances juridiques sont mauvaises. :)

Peut-être qu'à l'image du sport, le monde de l'entreprise deviendra lui aussi un divertissement et que nous pourrons nous recentrer sur ce qui nous définit vraiment.